Frieda Unsinn

Warum ist eigentlich nie ein Auftragskiller zur Hand, wenn man ihn braucht?

FRIEDA UNSINN

WARUM IST EIGENTLICH NIE EIN AUFTRAGSKILLER ZUR HAND, WENN MAN IHN BRAUCHT?

KOMISCHE GESCHICHTEN
HUMORVOLLE ERZÄHLUNGEN
LUSTIGE ANEKDOTEN

Impressum

© 2024 Frieda Unsinn

Lektorat/Korrektorat: Barbara Wenz, Textsyndikat.de

Umschlaggestaltung und Buchsatz:
Constanze Kramer, coverboutique.de

Bildnachweise: freepic.com

Verlag: BoD • Books on Demand
GmbH, In de Tarpen 42, 22848
Norderstedt

Druck: Libri Plureos GmbH
Friedensallee 273, 22763 Hamburg

ISBN: 978-3-7597-2957-6

Das Buch ist auch als eBook erhältlich.

Bibliografische Information der Deutschen Nationalbibliothek: Die Deutsche Nationalbibliothek verzeichnet diese Publikation in der Deutschen Nationalbibliografie; detaillierte bibliografische Daten sind im Internet über http://dnb.d-nb.de abrufbar.

Das Werk, einschließlich seiner Teile, ist urheberrechtlich geschützt. Jede Verwertung ist ohne Zustimmung des Verlages und der Autorin unzulässig. Dies gilt insbesondere für die elektronische oder sonstige Vervielfältigung, Übersetzung, Verbreitung und öffentliche Zugänglichmachung. Die automatisierte Analyse des Werkes, um daraus Informationen insbesondere über Muster, Trends und Korrelationen gemäß §44b UrhG (»Text und Data Mining«) zu gewinnen, ist untersagt. Die verwendeten Produktnamen sind Warenzeichen der jeweiligen Hersteller. Die im Text verwendeten Produkt- oder Firmennamen gehören rechtlich ihren Besitzern.

Frieda Unsinn

Die Autorin, geboren im 20. Jahrhundert, lebt und arbeitet im Ruhrgebiet. Für »Warum ist eigentlich nie ein Auftragskiller zur Hand, wenn man ihn braucht?« hat Frau Unsinn das erste Mal Geschichten geschrieben.

Inhaltsverzeichnis

Bad man

Ich mag es, wenn Männer Hobbys haben. Dann sind sie beschäftigt und gehen einem nicht auf den Sack mit so blöden Fragen wie: »Hattest du heute nicht schon ein Snickers?« Oder: »Sag mal, ist das ein Damenbart?« Oder auch: »Ich muss nur noch eben den Tieflader ans Auto kuppeln, oder lässt du deine Handtasche heute zuhause?« Sich darüber aufzuregen ist absolut zwecklos. Entweder man lebt alleine oder man kommt mit dem zurecht, was an Material vorhanden ist.

Werner, der Mann meiner Nachbarin Ruth, hat jetzt ein neues Hobby: BATMAN. Dem Durchschnittsbürger reicht es, ins Kino zu gehen oder den gestählten Superhelden vor dem Fernseher auf sich wirken zu lassen. Werner war das nicht genug. Er wollte BATMAN sein. Und zwar nicht nur zwischen Rosenmontag und Aschermittwoch.

Zur neuen Freizeitgestaltung gehörte auch, sich das Kostüm selbst anzufertigen. Das wäre doch der Spaß an der ganzen Sache, sagte Werner. Und so erwähnte er jedes Mal, wenn wir uns über den Weg liefen, dass er jetzt unter die Kostümbildner gegangen sei und seiner Kreativität freien Lauf lassen würde. Echt jetzt? Hatte ich das wirklich richtig verstanden? Der Leiter der Immobilienabteilung der Kreissparkasse plante tatsächlich ganzjährig in einem hautengen Flattertierkostüm mit Toblerone-Öhrchen auf der Omme öffentlich in Erscheinung zu treten?

»Ich dachte, das ist nur eine Phase, aber scheinbar ist der jetzt immer so bescheuert«, beschwerte sich Ruth und da wusste ich: Hier ist kurzweiliges Amüsement im Anmarsch. Zumal Werner nicht über das geringste Talent für handwerkliche Aufgaben verfügt. Der kann Betonbohren nicht von Nasebohren unterscheiden. Wenn Werner nachbarschaftliche Hilfe anbietet, nehmen alle höflich aber konsequent Reißaus.

»Warum eigentlich Batman? Der kann ja noch nicht mal fliegen«, fragte ich bei Ruth nach.

»Keine Ahnung. Vielleicht soll schwarz ihn schlanker aussehen lassen. Obwohl ich nicht glaube, dass das spacke Outfit den Bürowanst irgendwie kaschieren kann.«

Ruth klang frustriert.

Ich versuchte zu trösten: »Hätte doch auch schlimmer kommen können. Hast du mal gesehen, wie Kollege Superman durch die Gegend eiert? Der trägt seinen Schlüpfer über der Hose. Als hätte er sich die Kontakte befeuchtet und dann die Klamotten im Dunkeln übergeworfen.«

»Stimmt! Und die Farbkombi! Rot und blau. Dem hat auch noch keiner gesagt, dass Color Blocking total out ist. Der sieht aus wie ’nen Wimpel vom Wuppertaler SV.«

»Oder wie die russische Flagge. Der superste Superheld, das personifizierte Gute der westlichen Welt, der Held aller Helden kachelt ausgerechnet in Putins Farben durchs Universum. Warum macht Werner nicht auf Thor? Vielleicht würde er dann endlich mal lernen, ordentlich den Hammer zu schwingen.«

Einige Tage später war das Kostüm fertig. Mit ein paar Notlügen konnte Ruth verhindern, dass Werner die gesamte Nachbarschaft zur Präsentation einlud. Mich fragte sie aber, ob ich dabei sein mochte.

»Natürlich komm ich. Ich bring ein paar Muffins mit. Koch schon mal Kaffee. Wir machen es uns so richtig schön gemütlich und gucken deinem Ollen beim Spinnen zu.«

Die Zeit verging mit Ankündigungen zu Werners bevorstehender Live Performance.

»Bin gleich so weit.« »Noch ein wenig Geduld.« »Gleich komme ich.«

Wir verkürzten uns die Wartezeit mit Spekulationen darüber, ob er sich wie ein Weihnachtsbaum durch den Trichter einer Netzmaschine in die hautenge Klamotte schießen lassen würde, während der Countdown des Grauens unaufhaltsam seinem Ende entgegenging. Noch zehn Minuten, noch fünf, noch zwei …

Und dann war es soweit. Da stand er nun, der Kreissparkassenabteilungsleiter, ließ den Umhang wehen und fragte: »Und, erkennt ihr mich?«

Wie bitte? In der Hitparade der dümmsten Fragen der Welt kam das ja wohl gleich nach: »Und, wie war ich?«

Ich wollte noch fragen, ob er denn gar nichts drunter trage, aber die Materialbeschaffenheit gepaart mit dem Kampfgewicht des Superhelden ließ mir keine Gelegenheit zu gepflegter Kommunikation. Mit einer dem Comichelden würdigen Geräuschkulisse: KABOOM; BANG, POING! erhob sich der schwarze Ritter und platzte vorne mit seiner haarigen Wampe aus der Naht. Die komplette Mittelkonsole des Oberteils, vom Hals abwärts bis zum Gemächt, explodierte regelrecht und teilte das Frontlogo in zwei ungleiche Teile. Fast zeitgleich knickte das linke Schweizer Schokoladen-Ohr nach hinten ab. Ab sofort gab es keine offenen Fragen mehr. Es war eindeutig. Er hatte nichts drunter. Totale Textilfreiheit! Blankenhausen!

Plötzlich tauchten Bilder aus dem Kundenservice der Kreissparkasse vor meinem inneren Auge auf. »Guten Tag, Frau Müller. Darlehensverträge und Superhelden mit Totalschaden sind heute exklusiv im Sonderangebot!« Ich konnte gar nicht fassen, dass ich bei der kaputten Fledermaus vor ein paar Wochen einen Bausparvertrag abgeschlossen hatte.

Hatte Werner nicht behauptet, das Kostüm wäre der Spaß an der Sache? Na ja, ging so. Angesichts der blanken Tatsachen hatte ich einen kurzen Moment Sehnsucht nach dem roten Schlüpfer von BATMANS Kollegen. Werner ist nicht mehr fünfundzwanzig. Wenn dem ein Schurke ins Knie schießt, hat er Eiersalat.

Man sollte annehmen, dass eine peinlich berührte Ruth Entschuldigungen für ihren Superhelden formulieren würde. Ich hatte erwartet, dass sie ihm zumindest dabei behilflich wäre, das Intimste dezent zu verhüllen. Stattdessen kreischte Ruth vor Lachen, krümmte sich wiehernd auf der Couch und deutete wie ein Verkehrspolizist auf Werners Füße. Dort war ein weiterer Höhepunkt des Armageddon sichtbar: Weiße Socken in Adiletten.

BATMAN in Badelatschen. Das machte Werner so schnell keiner nach.

Ich hatte den Vorsatz, einen konstruktiven, motivierenden Kommentar zum Geschehen abzuliefern: »Eine sehr eigenwillige Interpretation …«

Aber es ging nicht. Nach fünf Sekunden angestrengter Gesichtskirmes lud meine Lachmuskulatur durch und ich prustete los, als gäbe es bis zum nächsten Millennium keinen einzigen guten Witz mehr.

Und dann fiel der Umhang ab. Der vollkommen demolierte, aufgeplatzte und in wesentlichen Teilen freigelegte Bankangestellte plante unter diesen Umständen seinen Auftritt als Schwarzer Ritter zu beenden. Werner drehte sich um, rutschte mit den Badelatschen auf seinem Umhang aus und taumelte, der Wucht seiner Plauze folgend, nach vorne. Dabei verrutschte die Batman-Maske derart, dass der Superheld kurzzeitig erblindete und sich die schiefe Batman-Birne erst am Türrahmen stieß und dann in die Pfosten des Treppengeländers rammte. Das Finale der Präsentation endete mit einer nicht jugendfreien Rückansicht des zerfledderten Flattertiers. FSK ab achtzehn. BOOM, BANG, OUCH!!!

Totaler Lachflash, Gewimmer, Gekreische … Wir konnten einfach nicht mehr aufhören. Auch nicht, als Ruth den Erste-Hilfe-Kasten holte, um der kaputten Fledermaus ein paar Pflaster an die Heldenruine zu kleben. Nachdem das erledigt und Ruth wieder zu Atem gekommen war, schlug sie vor: »Vielleicht solltest du es mit Prinzessin Lillifee versuchen? Oder mit Benjamin Blümchen. Der hat wenigstens einen ordentlichen Rüssel.«

Vielleicht sollte Werner sich grundsätzlich ein anderes Hobby suchen. Wracktauchen, Gummitwist, Mau-Mau, Pantomime …

Eine Woche später schaue ich aus dem Küchenfenster und sehe, wie Werner in seiner Garagenauffahrt kläglich bei dem Versuch scheitert, den Ford KA seiner Frau mit mattschwarzer Folie zu bekleben. Kurz darauf klingelt mein Telefon.

Ruth: »Er sagt, er braucht ein Batmobil!«

Ich: »Mannomann, der ist schwerer beschädigt als ich dachte. Hast du die Quittung für den Trottel noch?«

Ruth: »Meinst du, ich kann den bei Ebay verticken?«

Ich: »Stell ihn vorm Standesamt ab und nagel ihm die Heiratsurkunde an die Stirn. Vielleicht nehmen sie ihn zurück.«

Ruth: »Warum ist eigentlich nie ein Auftragskiller zur Hand, wenn man ihn braucht?«

Ich: »Wie wäre es mit Sekundenkleber auf der Zahnbürste oder einer Portion Enthaarungscreme im Essen?«

Ruth: »Eins steht fest: Sein nächstes Kostüm bastele ich für ihn. Nur um sicherzugehen, dass diesmal alles hält. Ich bin schon ganz gespannt, wie ihm der Sprenggürtel steht.«

Werner sitzt inzwischen auf der Rückbank und beklebt die Kopfstützen. Plötzlich brüllt er durch das Seitenfenster: »Ich bin der dunkle Ritter. Ich werde die Welt von allen bösen Mächten befreien. Nichts, absolut gar nichts kann mich aufhalten.« Dann versucht er bedrohlich schwungvoll aus dem Auto zu steigen.

Diese Geschichte endet mit einem einzigen abschließenden Wort:

Kindersicherung.

Komische Liebe

Mein Freund ist von Beruf Komiker. Das ist nicht immer so witzig, wie es sich anhört. Ich bin schließlich auch während der Entwicklungsphase seiner Programme dabei. Und da kommt anfangs ganz schön viel Murks zustande. Meiner Ansicht nach.

Wenn er die ersten Entwürfe an mir ausprobiert, führt das oft zu einer gepfefferten Diskussion. Wir kommen beide aus dem Ruhrgebiet. Da ist der Ton ein bisschen rauer als anderswo. Keine Gefangenen, nur Totentanz. Wie Materie und Antimaterie. Wenn man ihn und mich zusammenbringt, zerstören wir uns gegenseitig. Es kommt vor, dass er meiner Meinung ist. Aber selten. Zwar wirft er mir seine Pointen zum Fraß vor und möchte wissen, was mir am besten schmeckt, aber nur, wenn er selber nicht zufrieden ist, ändert er seine Texte oder verwirft den Kram, den er auf der Gitarre fabriziert. Ist schon okay. Er sagt mir ja auch nicht, wie ich meine Arbeit machen soll. Mich stört eigentlich viel mehr, dass er nach meiner Meinung fragt, obwohl sie keine Rolle spielt. Das bestreitet er dann, ich meckere weiter, er stellt auf Durchzug, ich tue beleidigt … Nächste Runde. Grundsätzlich gibt der Erfolg ihm recht. Er ist sehr beliebt beim Publikum. Ich bin jedoch der Ansicht, dass spätestens seit »Modern Talking« glasklar sein sollte, dass kommerzieller Erfolg nichts mit Qualität zu tun hat.

Derjenige, der am Ende zuerst um Gnade winselt, muss sich ums Essen kümmern. Wenn ich ihm mal wieder Recht geben musste, räche ich mich manchmal mit einer Käse-Lauch-Suppe. Die mag er nicht. Erst wartet er noch hoffnungsvoll ab, aber sobald ihm der Duft von warmem Schmelzkäse um die Nase weht, fährt er los und organisiert sich Salami-Pizza, unzählige Lakritzschnecken und ebenso viel Kaffee. Wenn er seinen Koffeinpegel erreicht hat, kommt er nach Hause und geht ins Bett. Der Typ ist der einzige Mensch, den ich kenne, der nach 30 Hektolitern Kaffee einfach so wegschnarcht. Das regt mich so auf, dass ich nach meinem »Träum-schön-Tee« nicht einschlafen kann.

Manchmal frage ich mich, warum ich überhaupt mit dem zusammen bin. Entweder er ist auf Tour, oder er sitzt vor seinem Bildschirm und trinkt sämtliche Kaffeeplantagen Äthiopiens leer. Und dann diese unverbesserliche Klugscheißerei! Wenn er es nicht schafft, einfach mal die Klappe zu halten, und seine gut gemeinten Ratschläge absondert! Die kann er sich echt irgendwohin schieben. Noch dazu ruckelt er mir an den Klamotten herum und zieht mir das Oberteil so ruckartig nach unten. Damit es besser sitzt, sagt er. Davon krieg ich Haltungsschäden, du Armleuchter! Die Frage nach dem Sinn unserer Beziehung macht ab und zu einen Blick auf meine »Warum ich mit dem Komiker zusammen bin«-Liste erforderlich:

- Er hat noch nie versucht, mich
  im Schlaf zu töten (sagt er).
- Er riecht wie frisch gebackene Waffeln.
- Er schließt Wetten mit mir ab, obwohl
  er weiß, dass er nicht gewinnen kann.
- Als ich den Gips hatte, hat er mir
  die Haare gewaschen.
- Er reicht mir unauffällig ein Taschentuch,
  wenn da etwas nicht in mein Gesicht gehört.
- Er macht sich manchmal zum totalen Idioten,
  nur damit ich nicht mehr traurig bin.
- Er tut so, als glaubt er mir, wenn ich sage:
  »Ich war das nicht!«, obwohl er genau weiß,
  dass ich es war.
- Er verzeiht mir meine blöde Babysprache,
  auch wenn sie ihn zu Tode nervt.
- Er verbiegt sich nicht (kann er auch gar nicht).
- Er verrät die Helden seiner Jugend nicht.
- Er tauscht Fehlkäufe für mich um und kommt
  dann mit einer guten Geschichte nach Hause.

- Er wäre großzügig, wenn ich ihn lassen würde.
- Er gibt mir Kosenamen, die mich zum Lachen bringen, obwohl ich sie total bescheuert finde.
- Er streicht mir manchmal eine Haarsträhne aus dem Gesicht.
- Er würde niemals Adiletten mit weißen Socken tragen.
- Seine Abschiedsküsse sind die allerbesten der Welt.

Weil ich ihn mag, ganz genauso wie er ist. Nicht anders, nicht glatt, verfeinert, verdichtet, geleckt oder gelackt.

Das ist dann wohl Liebe.

Die Liste kann weg. Weiß ich auch so.

Draußen nur Kännchen

Komiker: »Ich muss los. Könntest du mir bitte noch schnell einen Kaffee machen?«

Ich: »Das wäre dein achter oder neunter Becher.«

Komiker: »Ich verlange nichts weiter. Kein Lösegeld, keinen Fluchtwagen, keinen freien Abzug. Nur einen Kaffee. Dann muss niemand sterben.«

Der Komiker aus der Küche: »Ich liebe dich, ich brauche dich, ich bete dich an …«

Helen (meine Freundin, zu Besuch bei uns): »Mit wem redet er denn da?«

Ich: »Mit der Kaffeemaschine.«

Der Komiker kommt aus der Küche: »Wie lange kennen wir uns jetzt?«

Ich: »Lange.«

Komiker: »Und? Hab ich jemals ernsthaft Witze über Kaffee gemacht?«

Ich: »Keine Ahnung.«

Komiker: »Dann sag ich's jetzt in aller Deutlichkeit. Dies ist kein, ich wiederhole, kein unangekündigter Probealarm der Katastrophenschutz-behörde. Dies ist der Ernstfall: WIR HABEN KEINEN KAFFEE MEHR.«

Ich: »Guten Morgen, Schlafmütze.«

Komiker: »Bitte nicht sprechen.«

Ich: »Kaffee ist unterwegs.«

Komiker: »Nicht sprechen.«

Ich: »Du musst aufstehen. Du bist spät dran.«

Komiker: »Wenn ich pünktlich komme, sind alle verwirrt.«

Ich: »Du musst dich beeilen. Wie wäre es, wenn du dir heute das Kaffeepulver einfach direkt durch die Nase ziehst?«

Komiker: »Okay, bring mir den löslichen …«

Ich war im Supermarkt. Der Komiker hilft mir, meine Einkäufe auszupacken und zu verstauen. »Was ist das denn?«

Ich: »Koffeinfreier Kaffee.«

Komiker: »Wenn du die Trennung möchtest, können wir ganz vernünftig und in aller Ruhe darüber sprechen.«

Ich: »Warum trinkst du eigentlich so viel Kaffee?«

Komiker: »Weil Kaffee keine dummen Fragen stellt.«

Landleben

So rasant sich die Welt entwickelt, so wenig ändert sich bei uns auf dem Land. Obwohl »Land« vielleicht ein wenig übertrieben ist. Unser Städtchen hat immerhin eine fünfstellige Einwohnerzahl, aber als Großstädterin musste ich mich erst darauf einstellen, dass hier die Uhren anders ticken. In jeder Beziehung.

Eva und Jolanda im Supermarkt, Gemma, die Blumenverkäuferin, Metzger Pawel und Emre, der Frisör, haben zum Beispiel alle keine Nachnamen. Andere verfügen noch nicht einmal über einen ordentlichen Vornamen. So wie Pille, der Apotheker, Pocke, der Getränkehändler oder Fritte, der Besitzer der Imbissbude. Und dann ist da auch noch Lotto-Ludo, Betreiber der Lotto-Annahmestelle, der sämtliche Festivitäten der Nachbarschaft nach seiner alkoholischen Druckbetankung regelmäßig mit einem Striptease ausklingen lässt.

Eine dieser Veranstaltungen ist unser jährlich stattfindendes Sommerfest. Tagsüber können die Kinder Dosenwerfen und Sackhüpfen, meine Nachbarinnen Anne und Dagmar backen Partybrot, Annes Mann

Rudi stellt seine Tischtennisplatte auf und Fritte grillt Würste neben der improvisierten Wasserrutschbahn. Am frühen Abend bringt Pocke die Zapfanlage in Position und stellt sein aufblasbares Rodeo zum Bullenreiten zur Verfügung. Da es sich dabei um das Überbleibsel einer Werbeaktion handelt, reitet man allerdings nicht auf einem Bullen, sondern auf einer überdimensionalen Red-Bull-Dose. Zum Ende der Party sitzt Lotto-Ludo, wie gewohnt, nahezu unbekleidet und sternhagelvoll auf der Brause, die ihn auf der niedrigsten Schwierigkeitsstufe in den Sonnenuntergang schaukelt.

Während seiner letzten Showeinlage ist mir der Gedanke gekommen, dem Losverkäufer seinen Spitznamen zu entziehen und daraus Niete, der Dorftrottel, zu machen. Aber so gemein und lieblos gehen wir hier nicht miteinander um. Wir unterstützen uns gegenseitig und halten in ländlicher Eintracht zusammen.

Man gehört dazu und teilt, was man hat.

In diesem Sinne sorgen wir auch für das Überleben der örtlichen Handwerker. Wir beauftragen immer dasselbe Trio: Konrad, Kabel und Kachel, obwohl die krumm und schief verlegten Fliesen in den Badezimmern der Umgebung belegen, dass die Auftragsvergabe aus solidarischen Gründen nicht immer die beste Entscheidung ist. Und auch Blacky, der Schornsteinfeger, wird regelmäßig einmal im Jahr um die

Überprüfung unserer Gasheizungen gebeten. Unser Wohngebiet ist sein langjähriger Wirkungskreis. Und fast ebenso lange haben meine Nachbarin Anne und er einmal im Jahr zügellosen, leidenschaftlichen Sex direkt nach der Heizanlagen-Sonderuntersuchung.

Anne tut dieses Arrangement gut und Blacky ist gerne behilflich. Die jährlich stattfindende spezielle Sonderuntersuchung hat Annes Ehe mit Rudi nicht geschadet. Dabei spielt sicher auch eine Rolle, dass Rudi über diesen wiederkehrenden Akt der Nachbarschaftshilfe bisher nicht informiert wurde. Aber er profitiert davon, ebenso wie seine Frau. Der Kaminkehrer wird nämlich von Mal zu Mal erfinderischer und mehr und mehr darum bemüht, dass auch Anne voll auf ihre Kosten kommt. So hat sie nach ihrer Jahresinspektion die Möglichkeit, ihrem Ehemann ein paar sachdienliche Verbesserungsvorschläge zu unterbreiten.

Der Glücksbringer redet nicht viel. Außer: »Alles in Ordnung im Brenner« und »Dreh dich um!« stöhnt er Anne hauptsächlich verwegen an. Das ist ebenso erwünscht wie der nicht bestimmungsgemäße Einsatz seiner Werkzeuge aus dem Bereich der Kehrtechnik. Ich war überrascht, als ich unter dem Siegel der Verschwiegenheit erfuhr, wozu ein zweilagiger Stoßbesen oder eine Fallgranate außerhalb des Schornsteins Verwendung finden kann.

Unlängst hatte Rudi die skandalöse Idee, sein bereits in die Jahre gekommenes Eigenheim energieeffizient mit einer Solaranlage auszustatten und stattdessen auf die veraltete Gasheizung zu verzichten. Gott sei Dank hat kurz darauf ein Unwetter die komplette Photovoltaik-Anlage vom Dach des Bürgerhauses gefegt und noch dazu jede Menge Kollateralschäden verursacht. Das hat Rudis Motivation, ein umweltschützender Eigenstromerzeuger zu werden, glücklicherweise schlagartig auf null reduziert. Schlechtes Wetter zur rechten Zeit kann ein wahrer Segen sein.

Ein paar Wochen nach der letzten Begegnung mit dem Stoßbesen sitzt Anne mit ihrer Freundin Lydia bei einer Tasse Kaffee auf ihrer Terrasse.

Die beiden Großstadtpflanzen sind sich kurz nach ihrem Umzug auf den Planeten »Land« über den Weg gelaufen. Seitdem haben sie einige Hürden ihrer veränderten Lebensumstände gemeinsam genommen und Freundschaft geschlossen.

Als Anne während des Kaffeeplauschs einen Termin für einen Tagesausflug ins Einkaufszentrum vorschlägt, blättert Lydia schnell in ihrem Kalender hin und her und schaut dann mit einem Gesichtsausdruck auf, den Anne noch nie bei ihr gesehen hat.

Mit keinerlei Bedauern in der Stimme, aber funkelnden Augen, tiriliert Lydia: »Das klappt nicht. Auf keinen Fall. Unmöglich. Da habe ich einen Termin, den ich unter keinen Umständen verschieben kann. Tut mir leid, aber an dem Tag kommt Blacky zur Heizanlagen-Sonderuntersuchung!«

So ist das bei uns auf dem Land. Man teilt, was man hat. Manchmal sogar, ohne es zu wissen.

Das Leuchten der Stulle

Es hat Vor- und Nachteile einen guten Freund zu haben, der zu jeder Tages- und Nachtzeit über Backwaren verfügt. Einerseits kann ein Stück Käsekuchen um vier Uhr morgens das ein oder andere dringliche Problem lösen. Andererseits würde ich gerne vermeiden, dass meine Schwimmgruppe nach einer meiner legendären Arschbomben ohne Wasser dasteht.

Als unser Freund Udo beschloss, einen Backshop zu eröffnen, war ich also hin- und hergerissen zwischen der zuckersüßen Aussicht auf unbegrenzten Windbeutelkonsum und der Sorge, völlig aus dem Leim zu gehen.

Udos Idee, mir die Werbung für den Laden zu überlassen, lenkte meine Aufmerksamkeit jedoch in eine kreative Richtung. Hier lag eine ideale Kombination aus seinem nicht vorhandenen Marketingbudget und meinen künstlerischen Ambitionen vor. Was für eine Gelegenheit! Ich war begeistert!

Ich wollte mir etwas jenseits der üblichen Brötchen-Propaganda einfallen lassen. Abstrakt sollte es sein, losgelöst von Eiern, Mehl und Puderzucker, inspiriert von Kandinsky, Klee und Pollock. Ich würde mich in die Fluten der Avantgarde stürzen, minimalistisch, ohne Schnickschnack, ohne Kompromisse. Nuss ohne Ecke, Frankfurt ohne Kranz, Welle ohne Donau … Ich plante, die Kunst im Mehrkornbrot hervorzubringen. Ich war fest entschlossen, die Welt der Plunderteilchen fotografisch zu revolutionieren.

Nach einem ausführlichen zweiminütigen Brainstorming war meine Idee geboren, die sympathische industriekulturelle Verkommenheit meiner Heimatstadt Dortmund mit dem Duft von frisch Gebackenem zu vereinen. Dass Geruch auf Fotos nicht zu erfassen ist, war ein unbedeutendes Detail, das meine überbordende Schaffenskraft nicht stoppen konnte.

Die vergammelten Ruinen der alten Ziegelei, die in einem verwilderten Waldstück nahe des Dortmund-Ems-Kanals stehen, konnte ich schnell als geeigneten Ort zur Inszenierung des Gebäcks ausmachen. Als Lokalkolorit im Hintergrund sollten die rostigen Kanalbrücken dienen.

Werbeslogan:
Rostfreier Blechkuchen, 100 % witterungsbeständig. Kross und lecker!

Großartig! Ich hatte zweifellos ein Gespür für verkaufsfördernde Manipulationen. Ich würde vermutlich in naher Zukunft eine Werbeagentur eröffnen. Ich brauchte Angestellte.

Mit der Aussicht auf sein Lieblingsgericht – Gulasch mit Knödeln & Gurkensalat – stimmte der Komiker zu, mich als Assistent und gleichzeitig als inspirierende Muse bei meinem Jahrhundertprojekt zu unterstützen. Kurz nach seiner Zusage hörte ich ihn mit seinem Kumpel Benno vor dem Haus über unsere Vereinbarung debattieren.

Benno: »Hab ich 'nen Knick in der Ohrmuschel oder hast du gerade gesagt, die will 'nen Streifen Butterkuchen mitten in der Botanik auf 'nem Haufen Industriemüll ablichten? Und das soll dann bei Udo über der Tortentheke hängen? Alter, ich habe selten so einen apokalyptischen Scheiß gehört!«

Er: »Natürlich wird das nix! Aber du kennst sie ja! Wenn ich's nicht mache, geht sie mir damit wieder wochenlang auf die Eier! Außerdem habe ich Bock auf Gulasch.«

Benno: »Alter, das ist Erpressung!«

Er: »Klar, wenn nicht sogar Nötigung. Aber so läuft das bei uns. Ich renn mit Quarktörtchen durch den Wald und sie steht in der Küche und raspelt Gurken. Ist am Ende aber ein guter Deal für mich. Das muss man als Gesamtkalkulation sehen. Ich weiß nicht genau warum, aber Knödel wirken bei ihr wie ein Aphrodisiakum. Für das Bonusprogramm muss man Kompromisse machen, wenn du verstehst, was ich meine.«

Benno: »Alter, die führt dich am Schwanz spazieren wie an 'ner Hundeleine.«

Er: »Ja und? Fass dich mal an deine eigene Flöte! Du bist doch der Meister der Tricksereien. Ich darf dich mal kurz an die Sache mit der Gartensauna erinnern. Das waren harte Verhandlungen zwischen dir und Tanja und letztendlich ist für dich dabei die BVB-Dauerkarte rausgesprungen.«

Hier übersehen die beiden Verhandlungsstrategen, dass Bennos Frau Tanja eine Sauna im Garten wollte, aber überhaupt nichts gegen die Dauerkarte einzuwenden hatte. Im Gegenteil! Die hat in Schallgeschwindigkeit den Spielplan der Bundesliga gegoogelt und sämtliche Heimspieltermine des BVB mit einem lachenden »Daumen hoch-Smiley« im Kalender markiert. Gleichzeitig hat sie jedes Mal, wenn Benno das Thema Dauerkarte zur Sprache brachte, ein ausgesprochen unglückliches Gesicht gemacht. Die weibliche Gemeinde sei an dieser Stelle eingeladen, von der Weltmeisterin in der Disziplin »Schippchen ziehen« zu lernen. Die aufgeworfene Unterlippe und das zitternde Kinn kann Tanja unfassbar realistisch simulieren. Selbst ich war bisweilen davon überzeugt, dass ihr Gesicht sich gleich in ein Wasserwerk verwandelt. Ein trauriges: »Dann können wir ja an den Heimspielwochenenden gar nichts zusammen unternehmen!« rundete die Vorstellung optimal ab. Danach war das erste Heimspiel schon gelaufen, bevor die Bundesligasaison überhaupt begonnen hatte.

Jetzt hat Tanja einen Wellnesstempel im Garten und jede Menge Samstage, an denen sie ganz in Ruhe entspannen kann. Zwei zu null für Tanja. Und die Tabellenführung. Das gleiche Prinzip wende ich übrigens in Sachen »Bonusprogramm« an.

Mannomann, ihr Typen seid manchmal aber auch dermaßen unintelligent! Mal darüber nachgedacht, dass es tatsächlich auch Frauen gibt, die sich für Sex interessieren und dass Verhandlungen sich erübrigen, wenn beide Parteien dasselbe wollen? Selber schuld, ihr Armleuchter!

Wenig später fahre ich mit dem Armleuchter zu den Trümmern der industriellen Vergangenheit des Ruhrgebiets. Während der Fahrt versuche ich, ihm mein Konzept noch einmal genauer zu erklären. Er tut so, als lausche er meinen Worten aufmerksam und sagt dann: »Klingt interessant!«

Weil ich meinen Angestellten schon recht lange kenne, fällt mir die Übersetzung dieser Aussage nicht besonders schwer: »Die Alte hat den Verstand verloren! Hoffentlich ist noch genug Grips unterm Dach, um Knödel zu rollen.«

Artig antworte ich: »Danke, finde ich toll, dass du mich so unterstützt. Und heute Abend offenbare ich dann meine extrem positive Meinung von dir.«

Er grinst. Hat er gefressen. Funktioniert immer wieder.

Nach der Ankunft in Nähe der Ziegeleiruinen bepacke ich meinen Assistenten mit tonnenweise Backwerk und behänge ihn mit der Kamera.

Um den Schauplatz der Inszenierung zu erreichen, müssen wir noch einen längeren Fußmarsch vorbei an der alten Zechensiedlung, diversen Halden und dem Kohlehafen absolvieren. Die Trümmer liegen versteckt in einem nasskalten, durchweichten Waldstück. Während wir uns durch das Unterholz schlagen, keucht der Packesel unter der Last der Ausrüstung. Was ist los, Armleuchter? Energiesparlampen in der Fassung?

Endlich stehen wir vor den gesuchten Mauerresten. Er setzt sich auf die Überbleibsel eines alten Schiffswracks und pumpt wie ein Marathonläufer nach dem Zieleinlauf. Kaum wieder zu Atem gekommen, packt er eine Thermoskanne mit Kaffee aus und schiebt sich gleich mal ein Mandelhörnchen zwischen die Kiemen. Na toll! Es ist noch nicht ein einziges Foto im Kasten und der fängt schon an, die Models zu vernaschen.

Ich bereite die Fotomotive auf ihren Auftritt vor und platziere eine Auswahl Zuckerkringel und einige Körnerbrötchen auf einem Stück vermoderter Mauer. Dann schneide ich ein paar dicke Scheiben von einem rustikalen Roggenbrot und bestreiche sie kunstvoll mit Butter. Ganz meinem Marketingkonzept folgend: erlesen und schnörkellos. Ich lege die mondänen Kniften dekorativ auf den feuchten Waldboden und drapiere ein wenig Laub drumherum. Nicht zu viel Firlefanz. Nichts soll von der schlichten Eleganz der Butterstullen ablenken.

Nicht alle Tortenstücke haben den Transport unbeschadet überstanden. Die Käsesahne sieht ein bisschen aus wie die zerfließenden Uhren von Salvador Dalí. Modern und hipp, genau mein Shit! Ich fange an zu fotografieren.

Meine Muse beobachtet das Geschehen, stopft sich beide Wangen mit Biskuitrollen voll, gießt Kaffee nach und kommentiert wie ein Starfotograf: »Ja, Baby, gut Baby, du bist der Star des Ziegelhaufens, zeig mir deine Schokoflocken, du siehst super aus … Mach mir die Donauwelle, du musst die Hefe fühlen, Baby. Und jetzt bieg dich wie eine Brezel …«, um wenig später wie Heidi Klum zu fiepen: »Für dich habe ich heute leider kein Foto, Knäckebrot. Aber du, Pumpernickel, bist auf dem Weg zu einer ganz großen Karriere als Amuse-

Gueule. Aus dir machen wir ein ganz besonderes Appetithäppchen.«

Herrgott nochmal, kann der nicht einmal ernst bleiben? Ich versuche hier gerade etwas Bleibendes für die Nachwelt zu erschaffen. Vielleicht war es doch keine so gute Idee gewesen, Gulasch auf den Verhandlungstisch zu legen.

Dass dem Armleuchter jegliches Verständnis für das Projekt fehlt, bestätigt sich, als er mich zu allem Überfluss auch noch fragt, ob ich Servietten dabei habe. Servietten? Meine Stimme klirrt. »Das ist hier kein Kaffeekränzchen, das ist Kunst am Brot!« Mir drängt sich der Verdacht auf, dass die Thermoskanne nicht nur Kaffee, sondern auch eine ordentliche Portion Rum enthält. Blöder Pharisäer!

Ich versuche, meine schöpferische Revolution weiter voranzutreiben, werde aber wieder vom Kunstbanausen unterbrochen, der jetzt ins Theaterfach gewechselt hat und kurzerhand Shakespeares Hamlet umformuliert: »Zimtschnecke oder Zimtzicke, das ist hier die Frage!«

Ich werfe einen Blick auf die bereits gemachten Aufnahmen. Es ist zu befürchten, dass noch kein Bildbearbeitungsprogramm erfunden wurde, das aus diesem Ergebnis ein einzigartiges Kunstwerk machen kann. Die Sahneteilchen machen den Eindruck, als hätte ein Amokläufer sie mit einem Vorschlaghammer zusammengedroschen und die Butterstullen sehen aus, als wäre jemand in eine große Portion Penaten-Creme getreten. Der Vergleich mit einer explodierten Bäckerei auf einem Truppenübungsplatz der Bundeswehr drängt sich gewissermaßen auf. Ich versuche, die Sache positiv zu sehen. Vielleicht kann ich die Bilder dem deutschen Sprengverband für eine Imagekampagne zur Verfügung stellen.

Slogan: Das Leuchten der Stulle!

Diverse Sahnetorten können den Naturgewalten nicht mehr standhalten und tropfen unaufhaltsam ihrem Ende entgegen. Meine Muse deutet auf den Schlamassel und kommentiert trocken: »Die Schwarzwälder Kirsch eskaliert hier gerade so richtig!« Mit einem platschenden Geräusch fällt die Torte kurz darauf schließlich in eine dreckige Pfütze.

Der Armleuchter läuft als Sportreporter zur Höchstform auf: »Da taucht sie ein, die Sahnecreme, drei Handbreit unterm Kiel, zeitlupenartig verschwindet die Amarena-Kirsche in ihrer eigenen Bugwelle. Das kostet sie die Führung, die Walnuss-Marzipan und ein Stück Fettgebackenes ziehen vorbei …«

Irgendwie hatte ich mir das anders vorgestellt …

Nach drei Stunden angestrengter Kreativarbeit hat sämtliches Backwerk den Weg alles Irdischen genommen, die Fotos sind ein Fall für den Katastrophenschutz und mein Assistent hat sich inzwischen eine Laugenstange wie eine Zigarette hinters Ohr geklemmt und singt lautstark: »Backe, backe Kuchen.«

Als er sich auch noch ein paar verrottete Zweige über den Kopf hält und ausruft: »Guck mal, ich bin ein Baumkuchen!« besteht keinerlei Zweifel mehr. Er hat sich einen auf die Lampe gegossen und die Tortenschlacht ist zu Ende. Und das galt wohl auch für meine Karriere als aufsteigender Stern am Reklamehimmel.

Ich war ernüchtert und enttäuscht. Was blieb mir also übrig, außer meinem Begleiter auf der Rückfahrt die Schuld an der Katastrophe zu geben: »Als Inspiration bist du eine echte Null. Als Künstlerin sollte ich von der Muse geküsst und nicht von meinem betrunkenen Freund verarscht werden.«

»Auch Scheitern kann Kunst sein, mein Zuckerschneckchen« säuselte er.

Was soll das denn jetzt? Die ganze Aktion ist ein totales Desaster und jetzt macht der – noch dazu mit 3,5 Atü im Kessel – so eine schöpferische, tiefsinnige Aussage?

Hm, sollte ich über das Scheitern an sich möglicherweise mal nachdenken? NEIN.

Ich bleibe dabei. Er hat Schuld. Dafür muss er bluten. Dafür lege ich einen Tanzkurs auf den Verhandlungstisch. Habe ich zwar auch keine Lust zu, aber für ihn ist das tausendmal schlimmer. Oder er muss für mich singen. Das kann er nicht. Dabei macht er sich jedes Mal zum Vollidioten. Noch im Auto nehme ich mir vor, Tanja zu konsultieren, um eine detaillierte Verhandlungsstrategie auszuarbeiten.

Am nächsten Tag bringt mir der Armleuchter einen Gute-Laune-Tee ans Bett, guckt mich verschmitzt an und fragt: »Und? Was machen wir heute? Werfen wir ein paar Nussecken aus der Straßenbahn oder nageln wir eine Apfeltasche ans Hallenbad? Wir könnten auch einen russischen Zupfkuchen mit dem Fahrrad überfahren. Hashtag Performance-Kunst als politisches Statement. Was sagst du dazu, Krümelchen?«

Ich drehe mich zur Seite und schmolle. Der Blödmann hat schließlich meine vielversprechende Karriere als Marketingmanagerin auf dem Gewissen.

»Sei nicht traurig«, tröstet er weiter. »Du musst nur ein Wort sagen, dann streiche ich mich gelb an und leg mich als Puddingplätzchen auf den Rathausplatz. Oder du beschmeißt mich mit Dreck und ich stelle mich als Mohnstriezel neben den Fernsehturm. Mach ich alles, wenn du dich jetzt umdrehst und mir dein umwerfendes Lächeln schenkst.«

NEIN.

Er lässt nicht locker: »Ich könnte auch meine Birne in Schokolade tunken und mich als Schweine-

Öhrchen auf dem Wochenmarkt verkaufen. Oder möchtest du, dass ich wieder ›Verdammt, ich lieb dich‹ für dich singe?«

Kann mir bitte mal einer sagen, wie ich jetzt weiter beleidigt sein soll? Er hat offensichtlich im Laufe der Jahre dazu gelernt. Aber damit kommt er nicht durch. Ich kann auch mit unfairen Mitteln kämpfen. Es ist Zeit für eine schnelle Gegenoffensive. Ich zahle es ihm mit gleicher Münze heim. Dem zeige ich jetzt mal so richtig, wo der Hammer hängt.

Ich drehe mich um, lächele umwerfend und schlage vor: »Wolltest du dir nicht immer schon eine kleine Werkstatt in der Garage einrichten? Damit könnten wir doch heute anfangen. Dann ist wenigstens einer von uns glücklich.«

Der Komiker ist begeistert. »Echt? Das wäre super. Dann könnten wir auch den Paletten-Tisch für die Terrasse bauen. Und hast du neulich nicht auch von einer neuen Lampe gesprochen?«

Und dann höre ich mich doch tatsächlich sagen: »Ja, stimmt. Ich wünsche mir einen Armleuchter fürs Schlafzimmer!«

Epilog

Die Marketingmaßnahmen für den Backshop haben sich letztendlich darauf beschränkt, die Adresse des Ladens auf die Brötchentüten zu drucken. Das war auch Kunst. Der Backshop war nämlich in der Pablo-Picasso-Straße.

Der europäische Gedanke

In meinem Arbeitszimmer hängt eine große Weltkarte an der Wand. 1,40 m x 2,00 m. Unten links ist sie versehen mit der Aufschrift: World Map June 2010. Ich finde diese Jahresangabe beunruhigend. So, als wären territoriale Änderungen realistisch und ich muss die Schweiz irgendwann umschraffieren. Vielleicht sollte ich auf einen weniger plakativen Globus umsteigen. Bei manchen Dingen möchte man einfach, dass sie so bleiben, wie sie sind. Im Großen wie im Kleinen.

Auf der Karte habe ich mit grünen Fähnchen markiert, welche Länder ich schon besucht habe. Die roten Fähnchen kennzeichnen die Länder, in die man aufgrund aktueller Reisewarnungen des Auswärtigen Amtes nicht reisen sollte. Die gelben Fähnchen schließlich sind Länder, in die ich noch reisen möchte. Das sind die meisten. Aktuell interessiert mich die Europäische Union. Da habe ich noch einige Wunschziele.

Die Idee von Europa als einer »großen geistigen Gemeinschaft«, wie Voltaire es einst formulierte, findet meine Nachbarin Nicole grandios. Zusammenrücken, die wichtigen Dinge gemeinsam anpacken, Vereinigung, das ist ganz nach ihrem Geschmack. Allerdings bezieht sich diese Leidenschaft insbesondere auf das Leidenschaftliche der Vereinigung. Also hat auch Nicole eine Karte und bunte Fähnchen. Patriotisch, europäisch.

Für jeden EU-Mitgliedsstaat, in dem sie Sex mit einem Einwohner der entsprechenden Nationalität gehabt hat, leuchtet ein grünes Fähnchen in dessen Hauptstadt. Die roten Fähnchen markieren Länder, in denen sie bisher kein sexuelles Abenteuer mit einem Landsmann verbuchen konnte. Und die gelben Fähnchen für Länder, in denen sie gerne aktiv würde, die aber nicht zur EU gehören. Damit nicht genug. Nicole benötigt zusätzlich zu den Ampelfarben noch ein paar weitere Farben. Ihre Mission ist komplizierter als mein Jahresurlaub:

Blau: unterschiedliche Landsmänner, aber dasselbe EU-Land

Lila: der gleiche Landsmann, aber in zwei unterschiedlichen EU-Ländern.

Orange: Potentielle neue EU-Mitgliedstaaten, in denen die »Bearbeitung« bereits abgeschlossen werden konnte.

Nicole arbeitet als Einkäuferin in der Modebranche und reist beruflich kreuz und quer durch Europa. In

Italien und Frankreich, wo sie häufig unterwegs ist, finden sich deshalb auch mehr als ein blaues Fähnchen um die Modemetropolen herum.

Nicole ist attraktiv, intelligent, hat ein hübsches Gesicht, tolle Haare, eine gute Figur, Stil und die richtigen Accessoires. Aber sie tourt nicht durch Europa, um sich so schnell wie möglich durch sämtliche Nationalitäten unseres Kontinents zu knattern. Es ist einfach ein Spaß, den sie sich leisten kann. Sie ist ungebunden, begehrenswert und widmet sich mit vollem Körpereinsatz dem europäischen Gedanken.

Wenn unsere Kurtisane zurückkehrt von ihren Abenteuern, sind die Frauen in der Nachbarschaft immer ganz gespannt, was es Neues zu berichten gibt. Dann treffen wir uns, holen ein paar Flaschen Kirschlikör aus dem Barschrank und setzen unser »EU-Flittchen« auf den heißen Stuhl.

Natürlich möchten wir insbesondere Details zu den vorherrschenden Klischees über europäische Männer klären. Wie riechen die Franzosen wirklich? Hat der Pole ihr Höschen mitgehen lassen oder sich tatsächlich nach dem Akt »davongestohlen«? Wie steht es mit dem durchschnittlichen Größenverhältnis zwischen Körpergröße und Penislänge bei den Italienern? Kommt der Deutsche pünktlich? Ruft der Spanier nach jedem Orgasmus »Ole!« oder hat er Kastagnetten im Sack?

Das sind alles verwertbare Informationen, die wirksam zur Weiterentwicklung des Solidaritätsgedanken beitragen können. Wenn Nicole für Griechenland den Abschluss der bilateralen Zusammenkunft vermeldet, sollte sie eigentlich einen Förderpreis vom Europaparlament erhalten. Oder zumindest sowas wie eine anerkennende E-Mail von der Europäischen Zentralbank. Insbesondere, weil wir doch angenommen hatten, dass der »Gruß aus der Küche« nach dem Grillteller im Restaurant Akropolis eine Aufmerksamkeit des Hauses ist und nicht von der griechischen Regierung in Rechnung gestellt wird.

Sicherlich sind Nicoles Erfahrungswerte nicht repräsentativ, aber für uns Frauen trotzdem von großem Interesse. Je häufiger wir mit Nicole über ihre europäischen Eroberungszüge plaudern, desto besser gefällt uns ihr Beitrag zur Stärkung der Beziehungen innerhalb unserer Union. Das Zusammenwachsen der europäischen Nationen sollte uns wichtig genug sein, um sämtliche Möglichkeiten in Erwägung zu ziehen.

Warum nicht mal im Tierreich nach Lösungen für unseren Kontinent stöbern? Bonobo-Affen zum Beispiel nutzen sexuelle Aktivitäten zur Kontrolle aufkommender Aggressionen in der Gruppe. Die Primaten vögeln Streitereien einfach in Grund

und Boden und einigen sich danach friedlich über die Verteilung der Bananen. Da könnte man sich doch ein paar von diesen kostspieligen EU-Gipfeln sparen. Das versteht jeder. Und das können auch die meisten. Wer hätte gedacht, dass es so einfach ist? Wir kopulieren uns eine funktionierende europäische Union zusammen. Mission erfüllt, Thema erledigt.

Natürlich kann man diese Idee als abgedrehte Spinnerei betrachten. Aber mal ehrlich: Da haben die EU-Politiker tagtäglich doch wohl weitaus bescheuertere Vorschläge. Ideen, die weder sinnvoll noch praktikabel sind, ohne Sinn und Verstand bis zur Unkenntlichkeit diskutiert und danach trotzdem durch sämtliche Ausschüsse gedrückt werden. An den Affen sollten sich die Parlamentarier mal ein Beispiel nehmen. Wenn eine Einigung auf intellektueller Ebene aussichtslos ist, muss man sich halt körperlich vereinigen. Macht hinne, werte Volksvertreter! Schluss mit dem sinnbefreiten Geschwafel, vertretet euer Volk!

Eine europäische Identität ist eine schöne Zielvorstellung. Es fällt allerdings schwer, sich auszumalen, dass die Bürger aller EU-Staaten sich irgendwann selbst tatsächlich als Europäer verstehen. Vor dem Hintergrund, dass einige Mitgliedsstaaten ganz offen die von ihnen zuvor unterzeichneten Verträge brechen und auf ihre Verpflichtung zu Rechtsstaatlichkeit,

Menschlichkeit und Solidarität scheißen, dürften die meisten inzwischen annehmen, dass es sich um ein fiktionales Konzept handelt, dessen Gemeinschaftlichkeit aus dem regelmäßigen Handaufhalten bei der Verteilung des EU-Budgets besteht. Alles andere fühlt sich bisweilen nur noch wie eine romantische Idee aus einem Fantasy-Roman an.

Manchmal verliebt man sich in die Schönheit eines Gedankens und hält an einer Utopie fest, sei sie noch so unrealistisch. Im Großen wie im Kleinen. Man verliebt sich in Brad Pitt, man glaubt an den Osterhasen oder daran, dass Frauen nicht schnarchen und Männer sich nach dem Toilettengang die Hände waschen. Aber dann tritt dir die Realität die Tür ein.

Trotz alledem ist unsere Freundin Nicole entschlossen, den europäischen Gedanken weiter zu entwickeln. Nach wie vor bestehen für sie grenzenlose Möglichkeiten der Vereinigung. Und, wenn es nach ihr geht, kann das gerne auch noch so bleiben, bis sie in die Wechseljahre kommt.

Nicole hatte neulich geschlechtlich in Portugal zu tun und ihr letztes Abenteuer war ein belgischer Arzt, der sie zur Beobachtung eine Nacht dabehalten hat. Seitdem leuchtet ein grünes Fähnchen mitten im Zentrum von Brüssel und Nicole ist ein weiteres Mal

ein wenig mehr davon überzeugt, dass wir Europäer
mehr gemeinsam haben, als wir mitunter selber für
möglich halten.

Liebe und Verrat

Das Telefon klingelt. Es ist meine Nachbarin Florence. Sie ist hysterisch: »Er weiß es. Er hat es herausgefunden. Er hat Beweise! Ich bin des Todes!« Ihre Stimme überschlägt sich. Chaos, Verzweiflung. Da muss was Schlimmes im Gange sein. Ich hab's ja immer gewusst. Konrad, Florence' Ehemann, ist unberechenbar.

Ich werfe das Telefon auf die Kommode und renne wie verrückt zwischen Küche und Haustür hin und her. Ich dachte, das gibt's nur im Film, aber das hier ist echt. Ich überlege, mit nassen Haaren und in Flip-Flops, ob ich das Brotmesser mitnehmen soll. Oder vielleicht kann ein Golfschläger effektiver eingesetzt werden? Ich kann's nicht glauben: Ich sehe mich ernsthaft nach einer Waffe um.

Ich greife meinen Big Bertha Driver. Der hat ein gutes Schwunggewicht und verursacht keine Schnittwunden. Obwohl Konrad nach einem Schlag auf die Fontanelle ein paar Meter weit fliegen könnte. Aber ernsthaft verletzen möchte ich ihn nicht. Nur beruhigen. Ruhigstellen. Mein Handicap ist zwar eine Katastrophe, aber nur, weil ich den Ball nicht treffe.

Ausholen, schwingen und durchziehen kann ich gut. Einzig die Größe des Balls verhindert zahlreiche Trophäen auf meinem Kaminsims. Wäre ein Golfball so groß wie eine Bowlingkugel, hätte ich wahrscheinlich gar nicht bemerkt, dass ich nicht spielen kann. Jetzt reicht's aber mit den sachlichen Überlegungen. Ich muss Leben retten!

Es sind nicht mal fünfzig Meter, aber ich keuche wie eine Dampflokomotive und muss mich kurz auf Bertha stützen, bevor ich mich mit vollem Körpereinsatz gegen Florence' Eingangstür werfe. In meinem Kopf dröhnt die Titelmusik der Serie »CSI Miami«. Erst jetzt wird mir klar, dass ich ja auch klingeln kann. Die Marseillaise ertönt. Florence hat sich ein Stück Heimat in ihre Türglocke dübeln lassen. Herrgott nochmal, wie viele Strophen hat die Hymne denn? Endlich öffnet sich die Tür. Die Französin begrüßt mich mit einem gekränkten: »Wie kannst du jetzt bloß ans Golfen denken!«

Sprachlos lasse ich die dicke Bertha sinken. Florence ist verheult, aber unverletzt. Mit hängenden Schultern schlurft sie, ihrer eigenen Kleenex-Knödel-Spur folgend, zur Sitzlandschaft und lässt sich in die Kissen fallen. Immer noch vorsichtig decken Bertha und ich ihre Rückseite.

»Wo ist er?« frage ich, während ich die Umgebung sichere.

»Nicht mehr da. Au revoir.« Florence schnieft unüberhörbar. Schließlich presst sie hervor: »Tartuffe hat er mich genannt.« Das klingt cremig und lecker mit Kirsche obenauf, aber in Florence' Muttersprache heißt es »Heuchlerin«. Meine Anspannung weicht einer Mischung aus Neugier und Mitleid.

Habe ich gleich gewusst. So schlimm ist es gar nicht. Konrad ist ja sowas von durchschnittlich. Trotzdem frage ich nach den Beweisen, ohne zu wissen, was die eigentlich belegen sollen. Verschämt legt Florence ein Foto aus den Neunzigern auf den Couchtisch. Jetzt sollte ich wahrscheinlich irgendetwas mordsmäßig Wichtiges tun. Fingerabdrücke nehmen oder Faserspuren sichern. Aber anstatt DNS zu analysieren, vergrößern sich meine Pupillen auf Bierdeckelgröße und ich kann das Indiz lediglich anstarren. Meine Fassungslosigkeit lässt sich nicht verbergen. Bei dem Versuch, mich zu setzen, treffe ich gerade noch die Couchlehne mit meiner linken Arschbacke. Das ist tatsächlich ein starkes Stück. In mir steigt ein Gefühl von Solidarität und Verständnis für Konrad auf.

Königsblau steht Florence nicht besonders gut. Aber an ihrem Gesichtsausdruck auf dem Foto kann man deutlich erkennen, dass sie nicht gezwungen wurde. Im Gegenteil. Sie sieht geradezu fröhlich und unbeschwert aus. Ich hab's doch immer gewusst: Die Burgunderin hat Dreck am Stecken. Die hohe Stirn, die leicht asymmetrischen Gesichtszüge, die vollen Lippen. Eindeutig eine Verbrechervisage. Am liebsten würde ich ihr eine Schreibtischlampe mit einer Tausend-Volt-Birne ins Gesicht halten, um ein Geständnis aus ihr herauszupressen. Verhöre in Zeiten der Energiesparlampe sind auch nicht mehr dasselbe.

Florence wirft einen frischen Kleenex-Knödel hinter die Couch. »Es ist wahr. Meine Leidenschaft war nur vorgetäuscht. Mein Interesse nur gespielt. So ist es immer gelaufen. In allen meinen Beziehungen.«

Mein Gehirn arbeitet auf Hochtouren. Im Kopf bereite ich die Vernehmung vor: »Haben Sie jemals eine Bananenflanke oder einen Gurkenpass gegessen, geschossen oder weiterverkauft?« »Stecken Sie Sand in den Kopf, wenn Sie eine Blutgrätsche vertändeln?« »Haben Sie, oder haben Sie kein Alibi für den Nachmittag des 19. Mai 2001?«

Aber die Delinquentin hat Glück. Ihr kommt der Umstand zur Hilfe, dass ich die erforderlichen Leuchtmittel nicht zur Hand und die dicke Bertha zur Seite gelegt habe. Mein Blick fällt auf den Korb mit der frischgewaschenen schwarz-gelben Bettwäsche. Florence registriert meine emotionale Achterbahnfahrt und beichtet schließlich mehr, als ich verkraften kann. »Ich geb's ja zu. Der ganze Scheiß interessiert mich eigentlich überhaupt nicht. Hat er nie. Bei keinem meiner Ex-Freunde. Bei Sebastian aus

Frankfurt war ich Eintracht-Fan, mit Norbert bin ich zum HSV.« Sie deutet auf das Foto: »Und das war Jan. Eine besonders anstrengende Saison. Da waren wir auf Schalke. Heimspiel. In voller Montur. Das ganze Programm. Trikot, Schal und Stutzen.« Mir wird plötzlich klar, warum Florence sämtliche Vereinshymnen der ersten und zweiten Fußball-Bundesliga auswendig mitgrölen kann. Als Französin. Darüber hatte ich mir zuvor nie Gedanken gemacht.

Ich selbst habe immer offen darüber gesprochen, dass mein Interesse am deutschen Volkssport Nr. 1 anlässlich der WM 1990 massiv gelitten hat. Ich konnte einfach kein Spiel mehr mit der gebotenen Begeisterung verfolgen, nachdem ich die deutsche Elf im Duett mit Udo Jürgens »Wir sind schon auf dem Brenner, wir brennen schon darauf« habe singen hören. Allerdings bin ich Dortmunderin. Da ist die Geburtsurkunde mit gelber Tinte auf schwarzen Grund geschrieben. Und nur weil Möller, Häßler und Kohler unmusikalisch sind, kann ich nicht einfach aus der Liga aussteigen. In Dortmund geht das nicht. Brenner hin oder her.

Nach Florence' Geständnis bin ich fix und fertig. Durch das Panoramafenster kann ich im Garten die Borussia-Fahne im Wind flattern sehen. Kopfschüttelnd und wortlos verlasse ich das Wohnzimmer. Vorbei an der Vitrine mit der selbstgebastelten Meisterschale, dem BVB-Camping-Geschirr und der schwarz-gelben Pudelmütze. Im Vorgarten werfe ich einen kurzen Blick zurück auf das gelbe Haus. In einem der schwarzen Fensterrahmen taucht Florence' Gesicht auf. Halb verzweifelt und halb wütend ruft sie mir hinterher: »Ich wollte doch nur geliebt werden!«

Ja, ja … die Franzosen und die Liebe. Hab ich immer gewusst. Da ist das Desaster vorprogrammiert. Je t'aime, mon amour, und dann mäht dir die Guillotine den Scheitel runter. Ab mit der Birne. Weg mit der Melone.

Liebe und Verrat, eine blutige Kombination. Schon seit Jahrhunderten.

Witziger Plan

In unserer Nachbarschaft kam die Frage auf, wie Elternpaare ihr weiteres Leben gestalten, wenn ihre Kinder flügge werden und das Zuhause verlassen.

Eva: »Ich kündige. Irgendwann muss Schluss sein.«

Dagmar: »Du kannst nicht kündigen. Familie bleibt Familie.«

Eva: »Dann mache ich eben 'ne Umschulung zur entfernten Verwandten.«

Lydia, deren einziges Lebensziel in den letzten zehn Jahren war, dass ihre Kinder abends im Bett verschwinden, meinte dazu: »Zuerst legen wir den Kindern die Zusammenfassung der bisherigen Ausgaben für die Aufzucht vor und lassen uns auszahlen. Und dann machen wir das, was alle Eltern machen: Wir löschen unsere Identität und steigen als Erika und Max Mustermann ins Elternschutzprogramm ein.«

Ich bin mir immer noch nicht sicher, ob das ein Witz oder ein Plan ist.

Wenn du hässlich wirst, sag ich Bescheid!

Ich hatte von jeher kein Interesse daran, mich modisch zu geben. Sehr zum Leidwesen meiner Mutter. Die hatte absolut nichts mit dem Fußballspieler Lothar Matthäus gemeinsam bis auf die Tatsache, dass auch bei ihr die Schuhe immer zum Gürtel passen mussten.

Ich besitze nicht einen einzigen Gürtel. Meine Hosen sitzen von selbst da, wo sie sein sollen. Ich kaufe sie passend. Ein Gürtel ist nützlich, wenn man Gewicht verliert und das Beinkleid dadurch zu weit wird. Wenn das vorkommt, esse ich solange Schokolade, bis die Hose wieder passt. Basta. Kommt aber nicht vor.

Schuhe habe ich nie gemocht. Schon als kleines Mädchen habe ich sie bei jeder Gelegenheit abgestreift und bin barfuß rumgestreunt. Meine Mutter hat sich redlich bemüht, aus mir eine Lady zu machen. Da hätte sie aber auch versuchen können, einen Sack Zwiebeln zur Miss Germany-Wahl anzumelden.

Meine Nachbarin Nicole hat mir letzte Woche ihre »Sitzschuhe« vorgeführt. Ein neues Modell. Sauteuer,

670,00 EURO. Eine stattliche Summe für Schuhe, die so hergestellt wurden, dass man darin weder stehen noch laufen kann. Ich verstehe das Prinzip nicht. Warum soll ich ein Vermögen für Schuhwerk ausgeben, für das ich zusätzlich einen Rollator anschaffen muss? Christian Louboutin, Jimmy Choo, Manolo Blahnik, Alexander McQueen – die meisten Schuhdesigner sind Männer. Deren Absicht ist eindeutig. Die machen das, damit Frauen nicht weglaufen können.

Im Gegensatz zu mir beherrscht Nicole das »Wanken und Schwanken« in diesen Folterinstrumenten dank langjähriger Praxis perfekt. Makellose, lange Beine hat Gott ihr geschenkt. Es ist davon auszugehen, dass der Allmächtige bei der Vergabe der Stelzen noch nicht absehen konnte, dass High Heels aus Nicoles Fahrgestell eine erotische Sensation machen würden. Aber sie zahlt einen hohen Preis. Ihre Füße sehen inzwischen aus wie zwei Pfund gemischtes Hack.

Ich habe mir, nachdem mich meine Freundin Helen als ihre Trauzeugin auserkoren hatte, ein Paar schwarze High Heels mit einem hohen Pfennigabsatz anschaffen müssen. Ich wollte auf Helens Hochzeitsfotos nicht als barfüßiger Hobbit in schlechter Erinnerung bleiben. Nach der Veranstaltung habe ich den Schuhen wegen Verstoßes gegen die Menschenrechte den Prozess gemacht. Das Urteil lautete lebenslänglich. Ihre Strafe sitzen sie in der hintersten Ecke des Schuhschranks ab.

Bei der Anschaffung von Kleidung verfolge ich ein simples Prinzip. Wenn ich etwas Passendes gefunden habe, kaufe ich gleich zwei oder drei Exemplare. Dann habe ich erst mal wieder meine Ruhe. Ein paar meiner Freundinnen beschweren sich regelmäßig darüber, dass ich Nullkommanull Interesse an ihren Shoppingtouren habe. Für mich vollkommen unverständlich ist die Tatsache, dass die das allen Ernstes zum Vergnügen machen! Ich verstehe nicht, wie man Freude daran haben kann, sich mit tonnenschweren Tüten durch Menschenmassen zu zwängen, um sich stundenlang von Geschäft zu Geschäft schieben zu lassen. In den engen, schlecht beleuchteten, übelriechenden Umkleidekabinen geht der Riesenspaß dann in die nächste Runde. Die treffen sich sogar, um sich durch unzählige Seiten von Modedesignern im Internet zu scrollen. Da geh ich lieber ein Schwein schlachten.

Auch wenn mein modisches Interesse sich in Grenzen hält, ist es mir nicht gleichgültig, wie ich aussehe. Die Sache mit den künstlichen Fingernägeln habe ich mal probiert. Ich hatte irrtümlich angenommen, ich könnte mich optisch verbessern. Die Dame im »Nail Design Studio« war entsetzt, nachdem ich meine Flossen auf den Tisch gelegt hatte.

Ja, ich gebe es zu. Ich verwende meine Hände regelmäßig. Schon allein, weil ich sie immer dabeihabe, denn sie sind als Standardausführung am Ende meiner Arme angebracht. Manchmal schmiere ich mir ein Brot. Oder ich unterschreibe ein Dokument. Ich fahre Auto und hämmere auf die Tastatur am Rechner ein. Ich habe mich von Anfang an dagegen entschieden, meine Füße für diese Zwecke einzusetzen. Die sind mir zu weit ab vom Schuss und beim Autofahren ohnehin für andere Aufgaben vorgesehen. Es gibt Menschen, die ihren Alltag anders bewältigen, da sie ohne Hände auskommen müssen. Denen gilt meine ganze Bewunderung. Ich würde daran zerbrechen.

Ich brauche meine Pfoten. Und was ich besonders praktisch finde, sind die zehn beweglichen Extras. Wobei die beiden Daumen mich am meisten begeistern. Die ermöglichen mir nämlich ein paar ganz abgefahrene Spezialeffekte, wie zum Beispiel einen Reißverschluss zu bedienen, meine Schuhe zu binden, ein Streichholz anzuzünden oder jemanden zu erwürgen. Ich habe dahingehend keine konkreten Pläne, aber auch noch nie von einem Mörder gehört, der sein Opfer ohne Daumen erdrosselt hat.

Bereits während der Ming-Dynastie hat sich die adelige Gesellschaft in China mit langen künstlichen Nägeln die Finger verziert. Deren Bedürfnis war es, mit der Tatsache herumzuprotzen, dass sie nicht arbeiten müssen. Die Prahlerei mit spitzen Fingern gestaltet sich einfach, wenn man Untertanen hat. Ich habe kein Volk, das ich versklaven kann. Ich muss selber spülen.

Ich habe auch schon künstliche Nägel gesehen, die hübsch aussahen und das richtige Maß hatten. Die extrem überproportionierten, lebensfeindlichen Nagelkunstwerke lassen mich jedoch mit einem Fragezeichen zurück. Kunst ist sicherlich bisweilen maßlos, kapriziös und nicht immer nachvollziehbar. Ich mag das. Für mich macht Kunst genau das aus. Aber sich die Extremitäten lahmzulegen halte ich für wenig künstlerisch. Eher für unüberlegt und unhygienisch, frage ich mich doch, wie man sich mit den Teilen eigentlich den Hintern abwischt. Man baut beim Auto ja auch nicht den Tank aus und rennt dann mit einem Benzinkanister nebenher.

Eins ist mal klar. Um Männern zu gefallen, können Frauen sich den Aufwand schenken. Ich habe noch nie einen Mann schwärmen hören: »Die kann die Toilettentür nicht selber schließen, rennt immer mit drei Pfund Dreck unter den pinken Glitzer-Klauen rum und die Kontaktlinsen muss ich ihr einsetzen. Von so einer Frau habe ich immer geträumt!« Oder auch: »Ich mag diese unterschwellige Spannung, wenn ich vor dem Sex nicht weiß, ob ich danach ins Krankenhaus muss.«

Ich hatte angenommen, dass ich für mich das richtige Maß finden könnte. Der Komiker hat mich nach Begutachtung meiner Benagelung stattdessen gefragt, ob ich Pläne hätte, als Greifarm im Kirmesautomaten zu arbeiten. Ich hab's nicht lange ausgehalten und die Schüppen am selben Tag wieder entfernt.

Künstliche Wimpern waren auch so ein Irrweg. Das fühlte sich bei jedem Blinzeln so an, als ob zwei Baggerschaufeln versuchen, meine Tränensäcke abzutransportieren. Bis ich bemerkt habe, dass ich die Gardinen falsch herum aufgehängt hatte. Als sie dann endlich richtig saßen, habe ich mit den Flügeln geschlagen wie ein Schwarm Zugvögel auf dem Weg nach Afrika. Thema abgehakt.

An der Sache mit den Augenbrauen hatte ich nicht direkt selbst schuld. Ich wette nun mal gerne um dummes Zeug. Ist eine meiner Schwächen. Meine Augenbrauen als Wetteinsatz in die Runde zu werfen, war allerdings die dämlichste Idee, die ich je hatte. Ich hatte noch versucht, mich aus der Nummer wieder raus zu mogeln, aber die Sache mit den Ehrenschulden wog schwer und ich wollte keine feige Memme sein. Nachdem die Dinger runter waren, habe ich mir zuallererst den Gesichtsausdruck »stark verärgert« auf die Stirn gemalt. Danach bin ich nach Hause gefahren, habe den Komiker geweckt und ihn mit so einer Art Horrorversion von Marge Simpson überrascht. Der traute seinen Augen nicht und war ein paar Stunden nicht ansprechbar. Am nächsten Tag war der Spaßmacher in ihm zurück und malte mir mit großem Vergnügen die Monobraue von Bert aus der Sesamstraße über die Augen. Hatte ich verdient.

Inzwischen habe ich wieder Brauen im Gesicht, die ich seither von einer Dame mit entsprechender Ausbildung zurechtzupfen lasse. Eine Laune der Natur bewirkt, dass mir seit der Vollrasur die Haare nachwachsen wie bei 'nem Gorilla-Weibchen.

Ab und an versuche ich es mit schminken. Allerdings fehlt mir die nötige Disziplin, um nicht wenig später auszusehen wie eine Tüte Buntes. Ich kratze mich, wenn es juckt, reibe mir die Augen, wenn ich müde bin, und der Lippenstift klebt garantiert nach zwanzig Sekunden an den Vorderzähnen. Wenn ich dann auch noch in den Regen komme, blättert die komplette Grundierung von der Fassade und meine Frisur verwandelt sich in ein Flusensieb. Um nicht ständig auszusehen als hätte ich beim Paintball verloren, belasse ich es deshalb meistens bei einem dezenten Lidstrich.

Ich habe aus meinen Erfahrungen wenig lernen können und verfüge nach wie vor über keinerlei Talent zur eigenen Dekoration. Ich sollte weitere

Projekte in dieser Angelegenheit wahrscheinlich konsequent vermeiden, aber insbesondere, wenn mein morgendliches Spiegelbild mir entgegen rotzt: »Aus der Kartoffelfresse kann man noch nicht mal Fritten schnitzen!« kommt erneut das Bedürfnis nach Veränderung auf. Allerdings zeigt mir mein Unvermögen in Lichtgeschwindigkeit die Grenzen eines solchen Unterfangens auf. Ich werde wieder versagen. In einer solchen Lage hilft es, jemanden um sich zu haben, der sich während der Dauer der Selbstzweifel nicht das Maul zerreißt. Was man in solchen Situationen überhaupt nicht gebrauchen kann, ist ein Lebensgefährte, der von Beruf Komiker ist, und nicht weiß, wann er Feierabend machen soll.

Ich: »Meine Jeans sitzt zu eng. Ich muss unbedingt ein paar Pfund abnehmen.«

Komiker: »Andere haben Phantomschmerzen, du hast Phantomfett.«

Ich: »Ich sehe aus wie Jabba the Hutt!«

Komiker: »In manchen Kulturen gilt es als attraktiv, wie eine Hüpfburg auszusehen.«

Ich: »Wie bitte?«

Komiker: »In manchen Kulturen …«

Ich: »Mit ›Wie bitte?‹ möchte ich dir die Chance geben, etwas anderes zu sagen.«

Komiker: »Du willst abnehmen? Wie wäre es mit einer Organspende.«

Ich: »Kannst du mich nicht einmal für voll nehmen?«

Komiker: »Bei der Formulierung mache ich von meinem Auskunftsverweigerungsrecht Gebrauch, da ich mich ansonsten selbst belaste.«

Ich: »Da kann ich überhaupt nicht drüber lachen!«

Komiker: »Du bist nicht zu dick. Du bist eine Sonderedition mit Bonusmaterial.«

Ich: »Findest du mich attraktiv?«

Komiker: »Wärst du noch hübscher, würdest du mich nur unnötig scharf machen.«

Ich: »Stört dich die Rolle an meinem Bauch gar nicht?«

Komiker: »Was stimmt nicht mit dir? Habe ich ein einziges Mal erwähnt, dass mich irgendwas an deinem Aussehen stört? Irgendwann mal? Außerdem ist da keine Rolle, das ist maximal eine Falte.«

Ich: »Und stört dich die Falte?«

Komiker: »Nein.«

Ich: »Das glaube ich dir nicht.«

Komiker: »Wenn ich sage, dass du hübsch bist, glaubst du mir nicht. Wenn ich was Lustiges sage, behauptest du, ich würde mir Arbeit mit nach Hause bringen. Und wenn ich gar nichts sage, bin ich ein ignoranter Arsch.«

Ich: »Dann sag doch jetzt einfach mal was Positives!«

Komiker: »Ich brauche erst Fakten, bevor ich sie verdrehen kann.«

Ich: »Nicht komisch. Gar nicht komisch. Kannst dich beim Arbeitsamt melden!«

Komiker: »Du bist hübsch! Wunderschöne Augen, Zähne wie Perlen, bist nicht zu dick und nicht zu dünn, nicht zu groß und nicht zu klein. Du brauchst kein Make-up. Du wirst ›ab Werk‹ in der Ausführung »sexy« geliefert. Genau richtig. Alles bestens. Wenn du hässlich wirst, sag ich Bescheid.«

Ich: »Soll ich vielleicht meinen Busen mal nach oben pushen?«

Komiker: »Spreche ich eigentlich in einer bisher noch nicht entschlüsselten Sprache aus den Weiten eines unbekannten Universums? Moment mal, warum knöpfst du dir denn jetzt die Bluse auf?«

Ich: »Damit der Bauch nicht so auffällt.«

Komiker: »Interessantes Ablenkungsmanöver, das Bonusmaterial freizulegen. Und ich dachte immer, du legst Wert darauf, nicht auf deine Brüste reduziert zu werden.«

Ich: »Ich brauch ein glaubhaftes Kompliment. Jetzt!«

Komiker: »Da kann ich ja gleich bei ’nem Selbstmordkommando mitmachen.«

Ich: »Versuch’s einfach mal.«

Komiker: »Du bist wie ’ne Tüte Chips. Wenn man einmal mit dir anfängt, kann man nicht mehr aufhören.«

Ich: »Das bin ich also für dich? Ein Haufen frittierter Kartoffelscheiben.«

Komiker: »Kartoffelchips sind dünn. Hauchdünn.«

Ich: »Das ist es? Das ist dein bestes Kompliment für mich?«

Komiker: »Okay, und wie wär's mit: Du hast großartigen Geschmack bei der Wahl deines Lebensgefährten bewiesen.«

Ich: »Du weißt echt nicht, wann Schluss ist.«

Komiker: »Du bist ein hinreißend zauberhaftes … Desaster.«

Ich: »Liebst du mich trotzdem?«

Komiker: »Klar liebe ich dich, auch mit den kleinen Füßen und dem knackenden Knie. Aber am allermeisten liebe ich deine Art, mit mir ein vernünftiges, sinnvolles und zielgerichtetes Gespräch zu führen.«

Wie bereits zuvor erwähnt, erweist es sich als besonders vorteilhaft, wenn man Daumen hat. Bei manchen Vorhaben sind die sogar unerlässlich.

Kubikmeter vs. Quadratmeter

Vor ein paar Jahren wurden unsere Freunde Paula und Gerald zu Besitzern einer Immobilie.

Anlässlich der Einweihungsparty konnten wir das fertig umgebaute Haus besichtigen.

Der stolze Eigentümer führte uns herum, bis wir schließlich im Garten landeten. Hier gab es nicht viel zu sehen. Der Garten hatte die Grundfläche einer Briefmarke.

Einer der Gäste bemerkte, dass der Garten recht klein geraten sei, woraufhin Gerald die Hände in die Hüften stemmte und trotzig erwiderte: »Der Garten ist vielleicht nicht groß, aber unheimlich hoch!«

Paarungsverhalten

Irgendjemand hat mal gesagt: »Männer und Frauen passen nicht zusammen. Außer in der Mitte.« Manchmal glaube ich das auch.

Zunächst läuft alles in regulären Bahnen. Job, Hobbys, Kinder, Doppelbett, Schrankwand, Kombi, Rasenmähen und manchmal wird einer über den Durst getrunken. Ab und zu findet eine Diskussion über das Hoch und Runter des Klodeckels statt, oder ob es an den Strand oder in die Berge gehen soll. Und anlässlich der nachbarschaftlichen Grillfeste werden auch schon mal unterschiedliche Meinungen darüber ausgetauscht, ob weniger Fleisch und stattdessen öfter mal ein Avocado-Süßkartoffel-Spieß auf den Rost gelegt werden sollte. Im Großen und Ganzen also keine besonderen Vorkommnisse. Das Leben eben.

Bei manchen Paaren bleibt dann auch alles, wie es ist. Gelegentlich vertritt man verschiedene Standpunkte, einigt sich aber auf gelassene Weise. Bei anderen hingegen ändert sich die Stimmung. Manchmal schleichend, manchmal rasend schnell. Wortgefechte, Plänkeleien und Scharmützel werden

Teil des täglichen Miteinanders. Bisweilen nachvollziehbar. Mitunter führen aber auch Nichtigkeiten zu Auseinandersetzungen und plötzlich werden Schnitzel und Gemüsespieße zum Zentrum des Lebensuniversums. Die Eine will etwas ändern. Der Andere nicht. Und ehe man sich versieht, ist man Veganer und sitzt beim Scheidungsanwalt.

Aufgrund dieser Umstände könnte ich mir Kinobesuche eigentlich sparen. In meiner Nachbarschaft laufen tagtäglich Vorstellungen in allen gängigen Kategorien des Filmgeschäfts. Romanzen, Dramen, Komödien, Krimis, Thriller, Mystery und Fantasy wechseln sich in vielfältiger Weise ab. Ganz ohne Eintrittsgeld. Und ich bin mittendrin, interaktiv, in 3D, ohne Brille.

Kerstin & Hauke

Kerstin ist Erzieherin. Ein Umstand, der sich im Verlauf ihrer Ehe als ausgesprochen hilfreich erwiesen hat. Hauke war nämlich bei Mutti hängengeblieben und hauste mit Mitte dreißig immer noch in seinem orange-grünen Kinderzimmer aus den 70er Jahren mit einer Wandvertäfelung aus Kiefernholz, wie sie in der Hippie-Dekade üblich war.

Von dort hatte Kerstin ihn nahtlos übernommen. Schnell legte Mutti noch das gute Tafelservice für 12 Personen und eine Lava-Lampe oben drauf, damit Kerstin sich die Sache mit ihrem Sohn, dem Hausbesetzer, bloß nicht noch einmal anders überlegt.

Trotz seiner Vorgeschichte konnte man Hauke nicht vorwerfen, untätig oder bequem zu sein. Das nach der Hochzeit zügig erworbene Eigenheim diente umgehend der vollen Entfaltung seiner handwerklichen Ambitionen. Und weil das Muttersöhnchen es nicht anders kannte, hat er kurzerhand alles, was nicht tief einatmen konnte, mit Holz vertäfelt.

Seitdem sitzt Kerstin geduldig in der vernagelten Bretterbude und lobt Hauke für jeden nostalgischen Hammerschlag. Zuwendung und Unterstützung im Rahmen seiner verklärten Rückschau hält Kerstin für wichtig, um Verlustängsten und der Sehnsucht nach Muttis Rockzipfel entgegenzutreten. Der Junge muss sich ausprobieren und seine Talente selbstständig ausloten.

Im Ergebnis sieht Haukes Nachruf auf die Wandpaneele seiner Kindheit allerdings aus wie die Vorbereitungen auf eine Hexenverbrennung. Pädagogisch orientiert wartet Kerstin mit dem Langmut einer Weinbergschnecke regelmäßig auf den richtigen Zeitpunkt, um ihre Spenden für das jährliche Osterfeuer im Bürgerhaus abzuliefern.

Auf diese Weise wird die gesamte Nachbarschaft seit Jahren Zeuge eines ständigen Kreislaufs, in dessen Zentrum die völlig sinnlose, jedoch pädagogisch wertvolle Vernichtung des deutschen Waldes steht. Wir erwarten jeden Moment, dass Kerstins Geduldsfaden reißt und Hauke auf die stille Holztreppe muss.

Gemma & Joost

Joost hat sich tätowieren lassen. Gemma hatte damit kein Problem. Auch damit nicht, dass Joost seinen rechten Handrücken als Leinwand für das Kunstwerk auserwählt hatte. Das Motiv sollte eigentlich ein mystisches Fabelwesen darstellen, sah aber aus wie ein hockender Hund. Gemma nahm seitdem vor jeder gemeinsamen Mahlzeit einen Aufguss aus der Kalmuswurzel zu sich, um gegen ihre regelmäßig aufkommende Übelkeit anzukämpfen. Je nachdem, wie Joost sein Besteck hielt, fing der Köter nämlich an zu kacken.

Trotz dieser Pleite nahm Joost auch weiterhin Körpermodifikationen an sich vor. Seine Zähne ließ er so stark aufhellen, dass man ihn problemlos von der ISS aus sehen konnte. Als Kontrast zum Weiß der Kauleiste färbte er sein Haupthaar pechschwarz. Jetzt sah er aus wie ein Playmobil-Männchen und hatte in etwa genauso viel Grips unterm Pony. Erst später kam die Frage auf, ob Joost immer schon ein Schwachkopf gewesen ist oder ob ein paar chemische Prozesse danebengegangen waren.

Anfangs war Gemma verliebt und versuchte noch, seine Meinung über den Stellenwert des eigenen Aussehens zu ändern. Aber von der Idee, jemand anders zu sein, wenn er wie jemand anders aussieht, ließ sich Joost nicht mehr abbringen.

Vor den Operationen zum künstlichen Muskelaufbau plante der Möchtegern-Adonis zunächst Iris-implantate zur Änderung der Augenfarbe und eine Botox-Behandlung. Was genau glattgespritzt werden sollte, wusste Gemma nicht. Das spielte keine Rolle mehr. Sie verließ Joost, noch bevor er sich in jemanden verwandelte, der er nicht war, um jemand zu werden, den sie nicht kannte.

Zuletzt hörten wir, dass er eine Wohnung mit Balkon sucht, um zu seinem Volk zu sprechen. Wir konnten nur darüber spekulieren, wo das Nervengift gelandet war. Wir kamen allerdings einstimmig zu dem Schluss, dass er schon immer plemplem gewesen sein muss. Eine derart große Ladung Blödness ließ sich unmöglich nachträglich mit der Spritze ins Oberstübchen schleusen.

Vermutlich wird Joost der einzige Mensch unseres Planeten sein, der noch lebt, wenn er bei Gunther von Hagens »Körperwelten« ausgestellt wird.

Gemma ist jetzt mit einer Frau zusammen. Die heißt Marie und lackiert sich noch nicht mal die Nägel.

Sybille und Christian

Sybille arbeitet als Risikomanagerin in einer großen Versicherungsgesellschaft und fungierte als Christians Bankkonto. Was er im Gegenzug für Sybilles Großzügigkeit leistete, war für die Nachbarschaft nicht direkt erkennbar. Als jedoch ein laues Lüftchen wehte und wir Fenster und Türen bis spät am Abend geöffnet hielten, konnten wir akustisch mitverfolgen, wie Christian seine Rechnungen beglich.

Christian war kein Mann, dem man sagen musste, dass er sich vor dem Essen die Hände waschen soll, oder dass man nicht in der Nase popelt. Er hatte Manieren und interpretierte Männlichkeit nicht damit, sich über Tage nicht zu waschen. Bei Christian hatte schlichtweg alles das richtige Maß. Er war gepflegt, aber übertrieb nicht, indem er sich den Lidstrich nachzog wie David Beckham. Er kochte nicht, wusste aber, in welchem Restaurant er die besten Meeresfrüchte besorgen

konnte. Er trainierte seinen Körper, trug aber nicht fort-
während ärmellose Muscle-Shirts. Und wenn Sybille
ihn im Rahmen einer betrieblichen Veranstaltung vor-
führen wollte, trug er die richtige Kleidung, das richtige
Rasierwasser und das richtige Lächeln.

Vermutlich war das für ihn ein ziemlicher Knochen-
job. Zumal die beiden nichts gemeinsam hatten. Sybille
hat wenig Humor und ist in gewisser Weise ständig
in Eile. Christian hatte Zeit und gerne Spaß. Einmal hat er sich, als spezielle Überraschung für Sybille,
nackt in Frischhaltefolie eingewickelt. Ich fand das
amüsant, aber für Sybille wäre Sex ohne Verpackung
produktiver gewesen. Vielleicht ist ihr Beruf der Grund
für ihr permanentes Streben nach Effizienz. Ihr Talent,
Risiken vorherzusehen und zu bewerten, macht sie möglicherweise zu einer Frau, die keine Beziehung führen
will. Das alles hatte weniger mit Gefühlen als mehr mit
einer geschäftlichen Vereinbarung zu tun. Aber dann
passierte etwas Überraschendes. Sybille erfuhr, dass sie
nicht Christians einzige Kreditkarte war. Exklusivi-
tät war offenbar von ihr vorausgesetzt, von Christian
jedoch nicht als selbstverständlich betrachtet worden.
Und plötzlich fühlte Sybille doch etwas: Eifersucht.

Danach haben wir Christian nur noch einmal mit
einer Reisetasche zur Bushaltestelle gehen sehen. Ein
echter Verlust für unser Viertel. Ich hüte vertrau-
liche Informationen darüber, dass ein paar meiner

Nachbarinnen von dem Filetstück in Frischhaltefolie gerne mal gekostet hätten. Alufolie wäre auch okay gewesen. Oder Backpapier.

Anne und Rudi

Nach einem Arbeitsunfall war Rudi frischgebackener Frührentner und hatte keine Hobbys. Wie sich herausstellte, war es ohne regelmäßigen Feierabend für ihn schwierig, den richtigen Zeitpunkt für sein Feierabendbier zu finden. Um unerfreuliche Ausschweifungen zu verhindern, war Anne daran gelegen, ihren Gatten so lange zu beschäftigen, bis sie von der Arbeit zurück war.

Das war komplizierter als gedacht. Ein Kind konnte man zur Betreuung abgeben. Da wurde gebastelt, gesungen, geturnt oder ein Nickerchen gemacht. Alles unter Aufsicht. Rudi artgerecht unterzubringen war nicht so einfach. Schließlich konnte Anne ihren Ehemann nicht einfach am Kinderspielplatz absetzen, ohne dass besorgte Eltern ihn von dort hätten wegschaffen lassen. Aber wer weiß schon, wann es noch einmal nützlich sein könnte, den Ehemann in Polizeigewahrsam zu wissen?

Für alle Fälle wollte Anne eine vorübergehende Inhaftierung als Notfallplan im Hinterkopf behalten.

Abgesehen davon musste ein Hobby her. Am besten etwas Nützliches. Also ließ Anne ihre Freundin Lydia ganz beiläufig erwähnen, dass nichts so sexy sei wie Männer, die gut kochen können. Rudis Aufmerksamkeit war geweckt.

Und weil nichts so sinnlos ist wie völlig unbeachteter Sexappeal, machte er sich auf den Weg in die weite Welt der sozialen Medien. Sein erstes Online-Video zeigte die Herstellung von Stachelbeerschnaps. Kochen war das zwar nicht, aber immerhin war ein Rezept nötig, das allerdings so simpel war, dass Rudi es problemlos befolgen und der Öffentlichkeit präsentieren konnte. Bei Liebhabern des gepflegten Rachenputzers kam das gut an.

Irrtümlich bezog Rudi die lobenden Kommentare auf seinen neu entdeckten erotischen Zauber und nicht auf den Schnaps. Deshalb sollte seine Anziehungskraft mit entsprechendem Equipment weiter optimiert werden.

Die Destille »Modell Ali Baba« mit Aromakorb, Thermometer, Spiritusbrenner, Destillatauffangbecher und das unverzichtbare Handalkohol-Test-Refraktometer wurden angeschafft. Jetzt besaß Rudi eine Menge professioneller, kostspieliger Gerätschaften, war mit deren Anwendung zur Destillation jedoch – als Bestatter im Vorruhestand – völlig überfordert.

Das war in der digitalen Welt der Unterhaltung aber auch nicht so wichtig. Rudi hatte schnell gelernt, dass in dieser Umgebung Tatsachen einer guten Geschichte nicht im Weg stehen sollten. Also posierte er davor, dahinter, daneben und mit den Geräten in der Hand. Überdies täuschte in Schnapsgläser abgefülltes Leitungswasser die selbst hergestellten Spirituosen vor. Vor dieser Kulisse ließ Rudi es so wirken, als wäre er ein erfolgreicher Schnapsbrenner und überzeugte sich kurzerhand selbst davon, der George Clooney der Obstler zu sein.

Wenig später bekam Rudi die Gelegenheit, seine Inszenierung auch dem Hauptzollamt zu erklären. Die Behörde machte ihn schriftlich darauf aufmerksam, dass die private Alkoholgewinnung durch Destillation sowie das Herstellen von selbstgebrannten Spirituosen in Deutschland gesetzlich verboten ist.

Anne, die ihren Ehemann eigentlich nur für ein neues Hobby hatte interessieren wollen, um ihn so gleichzeitig von übermäßigem Alkoholkonsum abzuhalten, fand sich jetzt an der Seite eines kriminellen Youtubers wieder, der sich noch dazu seit Neuestem für eine populäre, unwiderstehliche Sexbombe hielt. Zudem waren die Requisiten für seine Märchenaufführung teuer und sinnlos gewesen. Rudi selbst kommentierte seine Charade mit: »Ich bin doch kein Verbrecher. Oder ist es etwa kriminell, attraktiv zu sein?« Da hatte Anne sich offenbar ein ziemlich großes Stück zusätzliche

Arbeit eingebrockt. Unter diesen Umständen war es ihr fast lieber, ihr Gatte würde mit dem Feierabendbier am Vormittag beginnen.

Und auch die Behörde hatte wenig Verständnis für Rudis darstellerische Ambitionen. Das Zollamt belegte ihn mit einer deftigen Geldstrafe. Außerdem musste er unterschreiben, solche Aktionen zukünftig zu unterlassen. Dass Rudi eine Straftat vorgetäuscht hatte, um Menschen, die er nicht kannte, glauben zu lassen, er wäre jemand, der er nicht war, und tue etwas, von dem er tatsächlich nicht die leiseste Ahnung hatte, spielte bei der Bestrafung dieses paradoxen Fiaskos keine Rolle. Ebenso unsinnig war die Tatsache, dass die sozialen Netzwerke unterdessen einen berenteten Bestatter als heimlichen Helden der Schwarzbrenner-Szene feierten. Und Rudi gefielen seine Fans. Annes Verzweiflung hingegen wuchs parallel zur Anzahl seiner Follower.

Ein neues Hobby musste her. Lydias Vorschlag »Angeln« schloss Anne kategorisch aus. Entsetzt stellte sie sich eine Symbiose aus Käpt'n Iglu und Baron Münchhausen vor. Von den Kosten der Ausrüstung mal ganz abgesehen, ist Angeln ohne Angelschein in Nordrhein-Westfalen eine Straftat. Was ihr von dieser Idee blieb, war die Vorstellung eines prahlerischen Ehemanns in bis zu den Achselhöhlen reichenden Gummihosen mit Lidl-Seelachsfilets aus der Tiefkühltruhe am Angelhaken. Und bitte recht freundlich! Um Himmels Willen, bloß nicht!

Schließlich wurde »Häkeln« als Möglichkeit wie ein Schnitzel in der Pfanne hin und her gewendet. An einem handarbeitenden Mann konnte Anne auf den ersten Blick keinen Grund für einen Bußgeldbescheid ausmachen. Aber wie sollte sie Rudi von der Herstellung von Seifensäckchen und Topflappen überzeugen? In jedem Fall war es die weitaus größere Herausforderung, ihrem Ehegatten die Selbstdarstellung in der digitalen Welt der Illusionen wieder auszureden und ihm stattdessen die Tatsache ins Hirn zu dübeln, dass die Gefahr, mit George Clooney verwechselt zu werden, gleich null war. Im zweiten Schritt war ein dezenter Hinweis auf seine Ähnlichkeit mit Woody Allen geplant.

Isolde und Bruno

Wenn Bruno von Sex sprach, musste man fast lachen. Einfach, weil er nicht so aussah, als ob er irgendetwas damit zu tun haben könnte. Er trug immer eine Kappe, die aussah wie eine Bischofsmütze. Und wenn er darüber plauderte, dass Isolde im Bett nicht mit ihm mithalten konnte, war man eher peinlich berührt als beeindruckt. Erstaunlicherweise bestätigte Isolde seine Indiskretionen ohne jede Verlegenheit. Im Alter von immerhin 68 Jahren war Bruno ungewöhnlich heißblütig und potent.

Und weil Isolde keine Lust mehr hatte, sich täglich mehrfach durchnehmen zu lassen, bestellte sie für Bruno regelmäßig Sexarbeiterinnen, die ihm professionell unter die Eier griffen. Wenn man Isolde darauf ansprach, bedauerte sie lediglich, dass die Urlaubskasse durch die Eierschaukelei mitunter arg strapaziert wurde. Sex betrachtete sie als einen biochemischen Prozess, der ihr weniger Spaß machte als Gartenarbeit. »Ich pflanze meine eigenen Samen in den Schoß von Mutter Natur«, flachste sie während der Versorgung ihrer Setzlinge.

Mit ein paar der Prostituierten hat Isolde Freundschaft geschlossen. Im Sommer konnte man die Damen gemeinsam auf der Terrasse Pflaumenkuchen essen sehen. Deren Eintracht ging so weit, dass Isolde von Cinderella und Babsi eine Einladung für ein gemeinsames Wochenende auf Ibiza erhielt. Sie teilten sich einen Mann. Warum nicht auch ein Strandhaus?

Anfangs war die Nachbarschaft misstrauisch gegenüber Brunos Konkubinen. Inzwischen weiß die Mehrheit der Anwohnerinnen deren professionellen Rat und die Tipps für Bezugsquellen von Dessous jedoch zu schätzen.

Sonntags gehen Isolde und Bruno regelmäßig gemeinsam zum Gottesdienst in die katholische Kirche unserer Gemeinde. Nach der Messe besetzt der Pfarrer den Beichtstuhl und kommt nach Brunos Konsultation regelmäßig mit knallroten Ohren aus dem Holzgestühl. Bruno kann dann, von allen Sünden befreit, bereits am frühen Nachmittag in die nächste bewegte Runde gehen. Isolde hilft zur gleichen Zeit auf dem Kirchenbasar beim Waffeln backen. Beide sind sehr gläubig. Darin sieht niemand einen Widerspruch. Überall ist Liebe.

Den Seinen gibt's der Herr im Schlaf

Die folgende Geschichte begann mitten in der Nacht.

Kurz nachdem sie Hauke geheiratet hatte, berichtete Kerstin uns, dass ihr brandneuer Gatte im Schlaf zusammenhanglos vor sich hin plappere. Das, was zu verstehen war, klang wie Satzfetzen aus dem düsteren Reich der Vampire, Zombies und Fabelwesen. Nicht weiter verwunderlich, weil Hauke ein Faible für Bücher und Filme dieser Genres hat.

Kurz nach Kerstins Entdeckung verließ der Mann, mit dem sie Tisch, Bett und jede Menge Wandvertäfelungen teilt, das erste Mal ebenjenes Nachtlager. Er deutete auf seine Socken auf dem Bettvorleger, murmelte undeutlich dreimal hintereinander: »Ihr dunklen, haarigen Bestien!« und warf seinen Wecker in die Wäschetruhe. Danach öffnete er die Balkontür und pinkelte aus dem ersten Stock in die Kübelpflanzen auf der Terrasse. Er stapelte das Balkonmobiliar übereinander und legte sich dann wieder ins Ehebett neben seine Frau, die das Geschehen sprachlos verfolgt hatte. Als Kerstin ihn am nächsten Morgen über den Vorfall informierte, konnte Hauke das selbst kaum glauben. Danach passierte tagelang nichts Ähnliches mehr. Kerstin hoffte, dass es dabei bliebe, versteckte aber dennoch regelmäßig kurz vor der Schlafenszeit alle scharfen Gegenstände, Streichhölzer und die Autoschlüssel.

Die richtige Entscheidung, wachte sie doch eines Nachts vom Rauschen der Niagara-Fälle auf. Hauke stand wieder auf dem Balkon, urinierte in die Tiefe und stapelte das Inventar. Kerstins Versuch, den Wildpinkler auf sein Versehen aufmerksam zu machen, stellte sich als Fehler heraus. Hauke gab ihr eine Ohrfeige und teilte mit, dass untote Postbeamte im Innendienst von Zombies in Thrombosestrümpfen gefressen werden. Und zwar morgen schon. Er begab sich zur Eingangstür, umarmte den Kratzbaum der Katze und verließ das Haus. Kerstin hielt sich die Wange und ließ ihn gewähren. Sie stellte einen Eimer auf die Terrasse und ging wieder ins Bett.

Ein paar Jahre sind seit Haukes erster Pinkelpause in luftiger Höhe ins Land gezogen. Er verlässt seitdem regelmäßig im Schlafanzug das Haus. Inzwischen gehört er zum nächtlichen Stadtbild. Wir alle kennen ihn und wissen, dass er ohne Sinn und Verstand in Frottee durch unser Viertel latscht. Er wandelt, faselt und stapelt alles, was ihm in die Quere kommt. Stühle, Holz, Abfallsammelbehälter, Mauersteine, eben alles. Er schichtet, was er sichtet. Verstehen tut das keiner, aber auf diese Weise kann man seine Spur lückenlos von der Dorfkirche bis zum Sportplatz zurückverfolgen. Wenn irgendjemand etwas zu stapeln hat, stellt er es nach draußen, bevor es dunkel wird. Hauke erledigt den Job. Pocke hat seinen kompletten Kaminholzbestand von ihm aufschichten lassen. Dafür musste er sich noch nicht mal bei Hauke bedanken. Der Wandler hat ihm lediglich eine Backpfeife verpasst.

Manchmal überschneiden sich Haukes Irrwege mit den Arbeitszeiten von Pawel, dem Metzger. Der steht in den frühen Morgenstunden auf, um Fleisch zu verwursten. Auch der hat Hauke schon für sich arbeiten lassen. Der Schlafwandler hat ihm zwar ebenfalls eine gescheuert und vor seinen Laden gepinkelt, aber das hat Pawel für das Stapeln der zentnerschweren Kühlboxen in Kauf genommen.

Kerstin ist mit unserem Dorfpolizisten übereingekommen, dass Haukes Bedürfnis, seinen Penis gelegentlich an die frische Luft zu lassen, ohne Strafverfolgung wegen Erregung öffentlichen Ärgernisses toleriert wird. Dessen schnelles Einverständnis hatte sicher auch damit zu tun, dass er den Bau eines

Wintergartens plante, bei dem das Stapeln von jeder Menge Backsteinen zu erwarten war.

Neben seinem »Pissing-Signature-Move« wurde die Verteilung von Ohrschellen so etwas wie Haukes Markenzeichen. Der Nachbarschaft gefällt seine Verlässlichkeit in dieser Sache. Der Tarif für seine Dienstleistung steht fest. Und Hauke erhöht die Preise nicht. Er fährt nicht die Faust aus oder tritt gegen Schienbeine. Er erledigt seinen Job und man weiß, was man zu zahlen hat. Eine transparente Geschäftsbeziehung. Er stapelt, und man fängt sich eine. Fertig ist die Laube!

Und auf noch einen Umstand kann man sich verlassen. Irgendwann enden seine Ausflüge vor dem Haus seiner Mutti.

Wenn Hauke klingelt, stellt seine Mutter regelmäßig die Aufzucht ihres Sohnes in Frage:

»Ich hätte die Rinde an seinen Schulbroten nicht abschneiden dürfen.«

»Das Kinderzimmer hätte öfter gelüftet werden müssen.«

»Vielleicht saßen die Plüschohren des Karnevalskostüms zu eng am Kopf.«

Hauke bleibt stumm, irrt wie ein Zombie mit leerem Blick und ausgestreckten Armen durch seine ehemalige Kinderkemenate, und wankt wieder nach Hause.

Seine Mutter ist die einzige, die er nicht ohrfeigt, während er schlafwandelt.

Bei Pawel kamen daraufhin Zweifel an der Rechtschaffenheit des Untoten auf. Will der vielleicht nur zurück zu Muttis Rockzipfel? Täuscht Hauke die totale Umnebelung vor, um in die gewohnte Umgebung seines Elternhauses zurückzukehren? Seinem Ruf als Muttersöhnchen würde das gerecht werden.

Als Hauke eines Nachts neben den Fahrradständer gegenüber der Metzgerei schiffte, nutzte Pawel die Gelegenheit für eine kleine Provokation. Er wollte hinter Haukes Geheimnis kommen. Wenig später trug der Frotteeträger ein Hitlerbärtchen und ein lebensnahes Porträt seines Dödels in wasserfestem Filzstift auf der Stirn. Sein Spiegelbild war deutlich in den Schaufensterscheiben der Fleischerei zu sehen, aber Hauke hat das Kunstwerk des Wurstmachers ignoriert und sich auf den Weg zu Mutti begeben.

Die stellte, nach der Konfrontation mit dem despotischen Gesichtspimmel, resigniert fest: »Ein Kondom hätte so viel verhindern können.«, und suchte im Keller nach Haukes alter Pudelmütze.

Danach waren wir alle sicher, dass unsere wankende Mumie ein unbezweifelbarer Schlafwandler ist. Anderenfalls hätte er sich bestimmt nicht als untoter Diktator mit Penis-Fontanelle bei seiner Mutter blicken lassen.

Inzwischen weiß unser Handwerkertrio Kabel, Kachel und Konrad aus erster Hand zu berichten, dass Haukes Mutter einen Kostenvoranschlag für die Ausschachtung eines Wassergrabens und den Bau einer Zugbrücke angefordert hat. Zusätzlich soll sie sich beim Dortmunder Zoo über die Unterhaltskosten für ein Dutzend Krokodile informiert haben.

Sollte das Projekt zur Ausführung kommen, wird Hauke das Holz für den Bau der Zugbrücke sicher gerne in Baustellennähe stapeln.

Epilog

Ich bin in der Umgebung bekannt für meine durchdachten Lösungsvorschläge im Falle von komplexen Problemstellungen und zur Reduzierung von Kosten aller Art.

Deshalb schlage ich in obigem Fall vor, dass Haukes Mutter ihren Provinz-Nosferatu das nächste Mal mit einem Baseballschläger in der Hand begrüßt.

Bitte verstehen Sie mich nicht falsch. Tagsüber ist Hauke ein überaus freundlicher, harmloser, geradezu langweiliger Nachbar. Und natürlich bin ich gegen jede Art von Gewalt.

Ein Schädelbruch kann jedoch ein sinnvolles Konzept sein. Im Einzelfall.

Als individuelle, postpädagogische Maßnahme, die erzieherische Fehler auf einen Schlag ausradiert. So erscheint es doch äußerst unwahrscheinlich, dass zu eng am Kopf sitzende Plüschohren, schon allein aus statischen Gründen, dann weiterhin eine Chance hätten.

Außerdem wird das zuvor vollkommen unnötige Entfernen der Rinde am Toastbrot zu einer humanitären, zweckmäßigen Maßnahme für einen Menschen mit fragmentiertem Unterkiefer …

Fantastisch, oder? Schon wieder habe ich in Windeseile einen kostensenkenden, zügig umsetzbaren Plan entwickelt. Und gut begründet habe ich das Ganze auch noch.

Danke, danke, vielen Dank für den Applaus. Sehr freundlich von Ihnen.

Geben Sie nicht auf. Sie können das auch.

Die beste Zeit

Der Komiker, mit dem ich zusammenlebe, ist weder pünktlich noch ordentlich. Deshalb warte ich regelmäßig auf ihn oder darauf, dass er sein Chaos in den Griff bekommt. Inzwischen wundere ich mich nicht mehr darüber, dass er sich bei der Berufsausübung pünktlich an Ort und Stelle befindet und seine Sachen parat hat. Ich vermute, dass die Veranstaltungstechniker ihn dort, zusammen mit den Kulissen und seiner Gitarre, auf- und abbauen.

Spontaneität liegt ihm ebenso wenig. Ist ja auch schwierig, mit nur drei Stunden Vorlauf das Haus für einen kurzen Besuch in der Eisdiele zu verlassen, wenn man das richtige T-Shirt nicht finden kann. Wenn er sich dann endlich für eins der dreißig Milliarden Oberteile – die im Übrigen alle gleich aussehen – entschieden hat, ist es natürlich das Exemplar, das unbedingt noch gebügelt werden muss.

Sein stetig steigender Schuhbestand, der in Farbe, Design und Material ebenfalls kaum zu unterscheiden ist, wirft ein weiteres Zeitproblem auf, weil er tatsächlich darüber nachdenkt, welches der baugleichen Paare er auswählen soll.

Nach dem Küren der Gewinner des Tages muss er eine Tasse Kaffee trinken. Ganz gemütlich. Ist ja noch Zeit. Apropos Zeit.

Armbanduhren stehen bei ihm auch hoch im Kurs. Das sind bekanntlich Zeitmesser, die man gut sichtbar am Handgelenk trägt. Ich bin mir sicher, dass er den Sinn dahinter verstanden hat. Trotzdem möchte ich ihm von Zeit zu Zeit zurufen: »Auf einer Uhr kann man die Zeit ablesen, Schatz!«

Bevor er die Kaffeepause beendet, macht er noch irgendein Zeug auf dem Mobiltelefon. Dort wird die Uhrzeit im Sekundentakt und ziemlich großen Zahlen auf dem Display angezeigt. Inzwischen ist ihm eingefallen, dass er ein Paket bei der Post abgeben müsste. Das ist aber noch nicht gepackt und die Kurzmitteilung, die er beilegen möchte, ist auch noch nicht geschrieben.

Einen Karton findet er relativ schnell. Den hat er nämlich nicht entsorgt, genau wie die anderen leeren Kisten und Boxen, die in den letzten sechs Wochen geliefert wurden. Er freut sich kurz über den Umstand, dass die Unordnung im Arbeitszimmer sich als nützlich erwiesen hat, und dreht gleichzeitig den Schreibtisch, auf der Suche nach Klebeband, auf links.

Man muss anerkennen, dass er schon das eine oder andere Mal versucht hat, das Zimmer aufzuräumen. Seine Bemühungen enden allerdings in fünfundneunzig Prozent der Fälle damit, dass er irgendwo rumsitzt und mit Sachen spielt, die er beim Aufräumen gefunden hat. Wenn der Kartonagen-Turm die Höhe der Zugspitze erreicht hat, wundert er sich, wie es so weit kommen konnte, weil vor einem halben Jahr doch noch alles in Ordnung war.

In Vorbereitung auf den Besuch des Eiscafés ist er der festen Überzeugung, dass er sich zeitlich deutlich im Plus befindet, weil er den Karton für das Paket so schnell gefunden hat.

Bevor er sich mit weiteren unlogischen Kalkulationen im Raum-Zeit-Kontinuum beschäftigt, trinkt er noch eine weitere Tasse Kaffee, um sich währenddessen zu fragen, wo die richtige Adresse für das lästige Päckchen abgeblieben ist. Die steht im Mobiltelefon. Wo war das noch gleich? Und wo ist eigentlich das Ladekabel? Der Fahndungsaufruf »Kabel gesucht« kommt öfter vor. Seine Ladekabel sind nämlich die einzigen Schnüre weltweit, die über Houdinis magische Fähigkeiten verfügen.

Nach zahllosen weiteren Kaffeepausen meldet sich sein Verdauungstrakt. Das verschlechtert die terminliche Situation so bedeutend, dass ein Scheitern unserer Verabredung wahrscheinlich wird. Ich frage mich einerseits, warum er sich auf dem Weg zur Toilette zwei Computermagazine, den Bildband »Haus & Auto« und die neue »11 Freunde« – Fußballzeitschrift unter den Arm klemmt und andererseits, wie lange die Post samstags geöffnet hat.

Für einen kurzen Moment hatte es tatsächlich so ausgesehen, als hätte er alle Barrieren des Müßiggangs überwunden, die Zeichen der Zeit gedeutet und wäre dieses Mal nur eine knappe Stunde zu spät. Aber dann höre ich die vernichtenden Worte, die wie zwei schallende Ohrfeigen links und rechts auf meinen Wangen brennen: »Ich muss mich erst noch sanitär entspannen!«

Und so sitze ich abfahrbereit im Wohnzimmer und versuche, mir meine tief empfundenen Gefühle für den Chaoten ins Bewusstsein zu rufen.

Er ist der Ansicht, dass er durchaus spontan sein kann. Wenn ich ihm früh genug Bescheid sage. Den Zeitpunkt der Informationsweitergabe muss ich mir gut überlegen, ansonsten trinkt er erst mal eine Plantage Kaffee und geht aufs Klo, um eine Machbarkeitsanalyse durchzuführen. Das wird nix. Weiß ich. Kann ich sicher vorhersagen.

Im schlimmsten Fall nimmt er den Kaffee und seine Gitarre mit auf die Schüssel. Dann ist Polen offen. Dann sprechen wir hier von einer »Dekade der Badezimmerblockade«. Die drei K: Kaffee, Komik und Kerdauung bestimmen sein Dasein. Daran kann auch die längste Sitzung auf dem Donnerbalken nichts ändern.

Es hat Zeiten gegeben, in denen ich versucht habe, beschleunigend einzugreifen. Das hatte oft zur Folge, dass unser eigentliches Vorhaben ausfiel und wir stattdessen eine würzige Diskussion über den Sinn und Zweck von Terminen und seine Armbanduhren geführt haben. Bringt mir aber gar nichts. Ich geb's nicht gerne zu und wehre mich tapfer und regelmäßig, aber wenn ich ehrlich bin, habe ich rhetorisch keine Chance.

Das hat noch nicht mal was mit Schlagfertigkeit zu tun. Für einen guten Schlag muss man ausholen. Das muss der Komiker nicht. Er kann ohne jeden Schwung, innerhalb einer Millisekunde, treffsicher erwidern. Neben allem, was sich sonst in seiner Omme tummelt, sind dort ganz offensichtlich Bauteile eines ›Bugatti Chiron Super Sport 300+‹ installiert. Manchmal frage ich mich, wie es sein kann, dass er im Kopf Weltrekord fährt, ansonsten aber auf dem Dreirad unterwegs ist.

Einzig der Zeitraum zwischen 6.00 Uhr und 12.00 Uhr am Vormittag ist eine berufsbedingte Grauzone. Da schläft er, selbst wenn er ausnahmsweise wach ist. Da besteht die realistische Möglichkeit, ihm die Meinung zu sagen, ohne dass er meine Argumente im Nullkommanichts in winzige Buchstabenfragmente schreddert. Da kann und will er nicht reden. Der Bolide steht in der Box. Ohne Kraftstoff. Wäre er ein Filmtitel, würde er »Der Mann ohne Vormittag« heißen, und sein Soundtrack hieße: »Dornröschen war ein Mann«.

Vor ein paar Wochen hat er mich allerdings überrascht. Er kam völlig verpennt mit einer Sonnenbrille auf der Nase um 11.30 Uhr aus dem Schlafzimmer, sah mich im Flur, zitierte: »Irre explodieren nicht, wenn das Sonnenlicht sie trifft; ganz egal, wie irre sie sind![1]« und verschwand danach ohne ein weiteres Wort für unbestimmte Zeit auf der Keramik. Darüber habe ich sehr gelacht. Ganz im Gegensatz zu: »Warum rufst du alle zwei Stunden an? Ich habe doch gesagt, ich bin in 20 Minuten da.« Fand ich nicht witzig.

Ich hocke nach wie vor in voller Montur im Wohnzimmer und fantasiere mir drei Bällchen Vanille, Schokolade und Haselnusseis im Waffelbecher mit Krokant und Karamellsauce zusammen.

---

1 From Dusk till Dawn, USA 1995, Los Hooligans, A Band Apart, Buena Vista (Regie Robert Rodriguez, Buch Quentin Tarantino, Story Robert Kurtzman). Zitat von George Clooney in der Rolle des Seth Gecko. Zitiert nach: Kordt, Peter: Ich seh dir in die Augen, Kleines. Verlag Schwarzkopf & Schwarzkopf, Berlin 2004, aktualisierte, erweiterte Neuauflage 2004, Seite 239

Nach weiteren 10 Minuten räume ich die Spülmaschine aus, gieße die Blumen und bringe unser Leergut zum Auto. Eigentlich hatte ich vor, nach dem Besuch der Eisdiele die Hecke hinterm Haus zu schneiden. Da ich aber nicht weiß, ob und wann mein Hase aus dem Hut springt, kann ich weder jetzt damit anfangen noch mittendrin alles stehen und liegen lassen.

Also warte ich. Und warte. Und warte. Und warte.

Mir fällt ein Zitat von Oscar Wilde ein: »Pünktlichkeit stiehlt uns die beste Zeit.«

Das klingt deprimierend. So, als ob ich beklaut werde, weil ich meine Termine einhalte.

Was hätte ich statt »Warten auf Godot« alles machen können? Was wäre meine beste Zeit gewesen? Was verpasse ich? Vergeude ich hier gerade meine Lebenszeit im Wartezimmer der Sinnlosigkeit? Vielleicht ist sie das ja auch. Genau jetzt und hier: meine beste Zeit. Kann das sein? Das ist es? Mehr kommt nicht? Noch nicht mal ein Bällchen Schokoladeneis?

Im letzten November – wir wollten einen Spaziergang im Kurpark machen – bin ich in Wintermantel, Stiefeln und Mütze, mit dem Oberkörper quer über dem Küchentisch liegend eingeschlafen, nachdem er – wie Tom Hanks in Cast Away – verschollen blieb. Später stellte sich heraus, dass er recht lange nach mir gerufen hatte, um Toilettenpapier liefern zu lassen. Letztendlich nimmt er jetzt immer sein

Mobiltelefon mit auf den Lokus, damit er mich im Notfall wachklingeln kann. Wenn keine brenzlige Situation ansteht, ruft er trotzdem an, um mich mit der bahnbrechenden Information zu versorgen, dass »der neue SUV aussieht wie ein Kasten Fassbrause mit Stufenheck«, oder dass Fußballer XY auch nur noch Mumpitz zusammen dribbelt.

Die Eisdielenkrise ist inzwischen beendet. Das Café schloss seine Pforten für die Wintermonate, noch bevor der Herrscher der Latrine, abgemagert und mit verwegenem Vollbart, wieder auf der Bildfläche erschien. Seinerzeit habe ich mich, nach einer Wartezeit, die sogar den Vorstand der Deutschen Bahn tief beeindruckt hätte, zur Leergutrückgabe in den Supermarkt aufgemacht und mir dort ein Eis am Stiel gekauft.

Dann stand die Weihnachtszeit vor der Tür. Im Adventskalender des Komikers hatte ich hinter jedem Türchen ein Ersatz-Ladekabel für eines seiner elektronischen Geräte versteckt. Die Hälfte davon war bereits zwei Tage vor Heiligabend unauffindbar.

Wir sind beide nicht besonders weihnachtswild, haben jedoch ein paar Rituale etabliert, die wir im Rahmen einer kleinen Bescherung zu zweit jedes Jahr wiederholen. Mit der Vorbereitung wechseln wir uns ab.

Wenn ich dran bin, backe ich einen Hefezopf, stelle Tannenzweige auf den Tisch und spiele »Have yourself a merry little Christmas« auf dem Klavier. Nach Würstchen mit Kartoffelsalat gibt es Kaffee, Pralinen und ein Gläschen Sekt. Dann übergeben wir uns die Geschenke, wechseln auf die Couch im Wohnzimmer und knutschen rum. Auch mit der Filmauswahl bin ich dran. Aber noch bevor ich mich (in einem Anfall von weihnachtlicher Verschnulzung) zwischen »Ich denke oft an Piroschka« und »Sissi, Schicksalsjahre einer Kaiserin« entschieden habe, verhindert er den sich anbahnenden Niedergang unserer filmischen Abendunterhaltung und lässt seinen Wunschfilm über den Bildschirm flimmern. Ist mir recht. Ich möchte sowieso lieber weiter rumknutschen.

Wenn es an ihm ist, die Vorbereitungen zu treffen, läuft's genauso, nur ein bisschen anders. Würstchen mit Kartoffelsalat, als Deko das Duftbäumchen Bratapfel-Zimt, »Kling, Glöckchen, klingelingeling« auf der Gitarre, Lakritzschnecken und Irish Coffee. Geschenke, auf die Couch, rumknutschen und auf dem Bildschirm läuft irgendein Gangsterfilm.

Der größte Unterschied sind die Verspätungen. Unsere kleine Feier muss nicht immer unbedingt an einem der drei Weihnachtsfeiertage stattfinden, aber sich die Geschenke, wie im vorletzten Jahr, nach Silvester zu übergeben, war doch ein wenig – wie soll ich sagen – außerhalb der Stimmung.

In diesem Jahr hatte der Komiker es jedoch tatsächlich geschafft, das Ereignis wie verabredet stattfinden zu lassen. An diesem eiskalten Dezembertag war sowieso alles anders. Es fing schon damit an, dass er um kurz nach acht aufgestanden war.

Wenn der Winter einbricht, möchte ich regelmäßig in einen Wüstenstaat umziehen. Wenn die Eiskristalle unter den Winterschuhen knirschen und der Schnee fluffig und unberührt auf den Wipfeln der Baumkronen liegt, habe ich mit der Witterung kein Problem. Meine Sympathie für die kalte Jahreszeit endet jedoch abrupt, wenn ich Auto fahren muss, Schneematsch an den Schuhen klebt und meine blaugefrorenen Hände den Glühweinbecher auf dem Weihnachtsmarkt nicht mehr halten können.

Am Vormittag unseres diesjährigen Bescherungstages hatte ich noch einen beruflichen Termin. Noch vor neun Uhr hatte der »Mann ohne Vormittag« für mich die Scheiben am Auto freigekratzt. War nicht seine Zeit und gehört überhaupt nicht zu seinen Lieblingsbeschäftigungen, hat er aber trotzdem gemacht. Und dann hörte ich den ungewöhnlichen Satz: »Heute machen wir uns mal so einen richtig schönen romantischen Abend.«

Was sollte das denn sein? Candle-Light-Dinner? Stellen wir Kerzen auf, schlürfen Austern und schmachten uns bei einem Schlückchen Champagner an?

Das ist nix für mich. Er weiß, dass er mir so nicht kommen kann. Wir essen beide nichts, was aussieht wie Schnupfen, trinken keinen überteuerten Schaumwein und wenn Kerzen ins Spiel kommen, brennt mir meistens die Frisur ab.

Ich fragte mich, was er vorhat. Schlittschuhlaufen bei Sonnenuntergang? Picknick im Vorgarten und dabei erklärt er mir den Sternenhimmel? Was will er denn? Ich hörte im Kopf »Endless love« und sah Brooke Shields und diesen blonden Krausschädel (an dessen Namen sich niemand mehr erinnert) am Strand der blauen Lagune Kaffee durch ein Palmblatt filtern.

Und da sind er und ich: das Wunder der Liebe. Und wir trinken in Zeitlupe Filterkaffee aus Kokosnussschalen und rauchen dazu einen Joint aus einem angeschwemmten Volleyball. Ich wurde merklich nervöser und dachte den ganzen Tag über den bevorstehenden romantischen Abend nach.

Als ich nach Hause kam, empfing mich der Komiker schon an der Haustür. Erstmal lief alles wie immer, aber dann übergab er mir eine Schachtel vom Juwelier. Ach du Scheiße! Er weiß doch, dass ich nur selten Schmuck trage. Er wird doch wohl nicht … Nein, das macht er nicht. Auf keinen Fall. Dafür kennen wir uns zu gut und zu lange.

Ich öffne die Box. EINE ARMBANDUHR. Ausgerechnet!

Aber dann schaue ich mir mein Geschenk genauer an und betrachte die Rückseite der Uhr sehr lange. Der Gehäuseboden zeigt eine Gravur, die er für mich hat anfertigen lassen.

Als ich endlich mit feuchten Augen aufschaue, bemerke ich, dass er mich lächelnd beobachtet hat. Das Aussehen seiner Augen hat was mit Genetik oder Gott zu tun. Dafür kann er nichts. Für seinen Blick aber schon.

Und mir wird plötzlich klar: Um die beste Zeit zu erleben, muss man sie erkennen können.

Ich bin nicht beklaut worden. Denn das hier ist sie. Genau jetzt und hier.

Meine beste Zeit.

Schall und Rauch

Der Vater meiner Nachbarin Eva kam neulich nicht wie üblich betrunken und abgebrannt, sondern ratlos und verwirrt vom Skatabend nach Hause. Skatbruder Ignaz hatte ein ungewöhnliches Gesprächsthema auf den Tisch gebracht. Er hatte seinen beiden Töchtern verboten, ihn weiterhin Papa zu nennen. Auf die väterliche Ansprache wollte er ab sofort nicht mehr reagieren und erklärte das so: »Irgendwann muss auch mal Schluss sein damit. Die Mädchen sind jetzt erwachsen. Ist doch albern. Immerhin bin ich schon Opa. Ich komm ja ganz durcheinander. Was denn noch alles? Papa, Opa, Bruder, Onkel, Kumpel. Das reicht jetzt. Ich bin ab sofort für alle nur noch der Ignaz. Ende der Durchsage.«

Evas Vater Fritz war irritiert. Seine vier erwachsenen Kinder nennen ihn allesamt Papa. Oder wahlweise Papili, Vati, Vadda und manchmal auch Dad. Das damit was nicht stimmen könnte, war Fritz bisher überhaupt nicht in den Sinn gekommen. Jetzt kamen ihm Zweifel. Vielleicht war das wirklich albern. Schließlich war er nicht nur ein Vater, sondern, genau wie Ignaz, ein Mann mit einem ordentlichen Vornamen.

Eva nannte ihren Vater seit sie sprechen konnte Papa.
Deshalb war das für sie nichts, was in Frage zu stellen
wäre. Und so reagierte sie auf den Vorstoß ihres Vaters,
ihn ab sofort mit seinem Vornamen anzusprechen,
mit: »Ich kann auch Herr Prömse zu dir sagen, Papa.
Oder Königliche Durchlaucht von und zu Dortmund-
Bodelschwingh, oder wie wäre es mit Jay-Z?«

Jetzt mischte sich auch Evas Mutter ein: »Dann
heiße ich ab sofort wie die Garbo oder wie ein anderer
Superstar!«

Das ließ Fritz, der seine Frau bisher immer nur
Emmi oder Schätzken genannt hatte, ratlos zurück.
Was sollte das denn jetzt? Er wollte doch nur für alle
der Fritz sein.

Die Angelegenheit kam erst richtig in Schwung,
als Evas Bruder Andreas, der Geschichte studiert
hatte, begann, die Namen aller römischen Kaiser für
die neue Ansprache seines Vaters durchzugehen.

Das Ergebnis dieser Überlegungen erfuhr ich ein
paar Wochen später zufällig, als ich ein Telefongespräch
zwischen Eva und ihrem Vater mithören konnte.

Eva: »Hallo Caligula. Ich wollte nur kurz nach-
fragen, ob du mit Greta-Madonna heute zu Kaffee
und Kuchen bei uns vorbeikommst.«

Elvis has left the building

Letzte Woche mussten wir uns von Elvis trennen. Endgültig.

Rückblickend verklärt man die gemeinsame Zeit und spricht von wunderbaren Jahren mit viel Spiel, Spaß und Spannung. Ich kann das über unsere Zeit mit Elvis nicht sagen. Er war eigenartig, und bis heute verstehe ich nicht, wie er so populär werden konnte.

Der King benahm sich unmöglich. Nachts ließ er uns nicht schlafen. Tagsüber verlangte er strikte Ruhe. Laute Geräusche vertrug er dann ebenso wenig wie nett gemeinte Annäherungsversuche. Er verkroch sich, um gegen Mitternacht wie Phoenix aus der Asche zu steigen und seine Show abzuziehen. Mitmachen durfte aber keiner. Elvis war weder gesellig noch für einen Spaß zu haben. Zuerst nahmen wir an, das Versteckenspielen seine Lieblingsbeschäftigung sei, bis wir bemerkten, dass er sich gar nicht finden lassen wollte.

Einzig Leckerbissen, die er besonders mochte, lockten ihn kurzzeitig aus seiner Komfortzone. Rosinen konnte er nicht widerstehen. Damit machte er sich die Backen voll, soweit es nur ging, um dann sang- und klanglos wieder zu verschwinden. Immerhin trainierte er die Kalorien regelmäßig auf dem Laufrad wieder ab. Wir haben ihm anstatt Wasser mal eine Portion Red Bull gegeben, weil wir hofften, dass er dann vielleicht »Shake, Rattle and Roll« fiepen würde. Anstatt Rock ’n’ Roll erhielten wir eine Tierarztrechnung, für die uns Ratenzahlung angeboten wurde. Wir entschuldigten uns bei Elvis und fühlten uns sehr lange sehr schlecht. Das Entsetzen meiner Mutter machte es nicht besser. Sie hielt mir eine lange Strafpredigt über den artgerechten Umgang mit Haustieren, in der mehrfach die Formulierung: »So haben wir dich nicht erzogen!« vorkam, verlangte eine Spende an den örtlichen Tierschutzverein und außerdem Wiedergutmachung für Elvis. Wir schämten uns so sehr, dass wir unser Gästezimmer ausräumten und für den King ein Domizil in gehobener Nager-Ausstattung mit Wellness-Sandbad zur alleinigen Nutzung einrichteten. Den einzigen kleinen Spaß, den wir uns erlaubten, war das Schild, das wir an die Zimmertür hängten: »Vorsicht! Warnung vor dem Wachhamster. Wenn Hamster kommt, flach auf den Boden legen und auf Hilfe warten. Rettung nur für Privatversicherte.«

Elvis hat es nie persönlich zur Sprache gebracht, aber wir konnten davon ausgehen, dass ihm das

Leben in seinem Luxusresort gefiel. Er bedankte sich mit einem für Hamster ungewöhnlich langen Leben. Nach fast drei Jahren fanden wir ihn in den späten Abendstunden. Das Laufrad ließ die Hüften noch kreisen, aber für Elvis war die Show gelaufen.

Am Folgetag stand seine Beerdigung an. Wir wollten eine anständige Zeremonie, um uns endgültig zu verabschieden. Es galt, den letzten Schritt zu tun und ihm ein würdevolles Ende zu bereiten. Es sollte eine Erdbestattung werden. Wir gingen hinter das Haus und suchten eine geeignete Stelle für sein Grab. Schnell fiel unsere Wahl auf den Platz unter dem Fliederbusch im hinteren Teil des Gartens.

Während ich Elvis für seine Beisetzung vorbereitete, hob der Komiker das Grab aus.

Ein geeigneter Sarg stand nicht zur Verfügung. Der Tod ist nicht planbar. Wir mussten improvisieren. Ich startete den für unsere Nachbarschaft üblichen Rundruf in diesen Fällen. Gemma, unsere Floristin, brachte ein paar Vergissmeinnicht vorbei, konnte aber aus Desinteresse zur Trauerfeier nicht bleiben.

Ich fragte herum, ob jemand mit dem Sarg aushelfen könne. Konrad bot mir eine seiner BVB-Butterbrotdosen an. Ich wusste sein Angebot zu schätzen, allerdings sollte der Schrein unter Tage verrotten und daher aus Naturmaterial sein. Eine Plastikdose würde einem Sarkophag gleichkommen, und da Elvis ein Nager und kein Pharao war, kam der Bau einer Pyramide nicht in Frage.

Nach ein paar Telefonaten war klar, dass Ruth, Dagmar, Manfred und Konrad die Beerdigungsgesellschaft bilden würden. Ruth kam herüber, um mir bei den Vorbereitungen behilflich zu sein, und brachte auch gleich eine geeignete Totenlade mit: Eine Tampon-Schachtel der Marke Tampax für 32 Tampons der Größe ›Normal‹ mit ultimativem Auslaufschutz, Einführhilfe und der Aufschrift ›Gynäkologisch getestet‹.

Auf die Verabschiedung am offenen Sarg verzichteten wir daraufhin aus offensichtlichen Gründen. Wir legten die Schachtel mit ein wenig Heu aus, rollten den King in ein paar Kleenextücher und sargten ihn in der Tampon-Box ein.

Ich merkte, wie Ruth sich regelrecht folterte, um die Geschehnisse nicht in der ihr eigenen, zynischen Art zu kommentieren. Das stellte sich nach ein paar Minuten als aussichtslos heraus: »Was für eine geile Abschiedstournee. Der King of Rock ’n’ Roll spielt sein letztes Konzert in der Damenhygieneabteilung von Rossmann.«

Die Trauergemeinde sammelte sich auf der Terrasse. Angeführt von Manfred, der Elvis in der Tampax-

Schachtel andächtig auf einem kleinen Tablett balancierte, wanderten wir in Polonaise-Formation zum Fliederbusch.

Die Trauerrede übernahm Ruth: »Gott, gib uns Elvis zurück. Wir geben dir dafür Vladimir Putin, Donald Trump und Kim Jong-un. Küsschen auf's Nüsschen und Tschüsschen.«

Ich war zufrieden. Bis auf die Tatsache, dass wir anstelle von Elvis lieber unser Gästezimmer wiederhaben wollten. Da eine Korrektur pietätlos gewesen wäre, streute ich stattdessen ein paar Rosinen ins Grab. Dann ließen Manfred und Dagmar die mit dem King gefüllte Dübel-Dose an zwei Wollschnüren hinab in den vorbereiteten Aushub. Während der blaue Totenschrein langsam dem Erdboden entgegen glitt, warf Ruth das Vergissmeinnicht-Sträußchen nach hinten, um zu sehen, wessen Haustier als Nächstes dran sei.

Als dann zur musikalischen Untermalung »Return to sender« ertönte, war es vorbei mit der allgemeinen Zurückhaltung. Dagmar und Konrad legten einen flotten Bebop auf den Rasen. Manfred schnippte rhythmisch mit den Fingern und der Rest der Truppe sang laut mit. Endlich doch noch Rock 'n' Roll.

Wie schon zu Lebzeiten war Elvis das alles völlig gleichgültig. Der King lag wie ein defekter Torpedo in seinem Tampax-Sarg und wollte für immer seine Ruhe haben. Wir hatten Verständnis.

Als die Zeremonie vorüber war, baten wir darum, von Beileidsbekundungen am offenen Grab Abstand zu nehmen. Der Komiker schaufelte das Loch mit drei Schippen zu und wir gingen zum Leichenschmaus über. Es gab Kaffee und ein paar Rosinenschnecken. Wir feierten uns für diesen durchdachten, feinfühligen Nachruf gebührend selbst.

Nachdem die Trauergäste sich verabschiedet hatten, gingen wir noch einmal zum Grab, um ein letztes Ritual zu vollziehen. Wir platzierten ein Kreuz aus zwei hölzernen Eisstielen und markierten so die letzte Ruhestätte des King.

Auf dem horizontalen Stiel notierten wir: »Elvis has left the building«.

Spaghetti Bolognese

Wir kommen von einer Party. Der Komiker ist ein bisschen beschwipst. Er singt für mich: »You can't hurry love. No, you just have to wait …«

Ich: »Ich bin total müde. Lass uns schnell ins Bett gehen.«

Komiker: »Ich hab Hunger. Ich koch' jetzt was.«

Ich: »Du kannst nichts kochen außer Kaffee und es ist 4.00 Uhr morgens. Was soll's denn jetzt noch geben?«

Komiker: »Spaghetti Bolognese.«

Ich: »Wir haben keine Spaghetti.«

Komiker: »Dann mache ich eben Spaghetti Bolognese mit Reis.«

Ich: »Wir haben auch kein Hackfleisch.«

Komiker: »Dann koch' ich Spaghetti mit Tomatensauce.«

Ich: »Spaghetti haben wir doch nicht. Und Tomatensauce ist auch aus.«

Komiker: »Dann eben Spaghetti Bolognese mit Reis und mit ohne Spaghetti … und mit ohne Bolognese.«

Ich: »Also Reis.«

Komiker: »Reis mit Whiskey-Cola.«

Ich: »Willst du nicht lieber doch mit mir ins Bett kommen?«

Komiker: »Okay. Whiskey-Cola im Bett mit dir und ohne Spaghetti und ohne Bolognese.«

Ich: »Und ohne Reis.«

Komiker: »Whiskey-Cola im Bett mit dir.«

Ich: »Na, dann komm.«

Jetzt singt er wieder: »It's the final countdown …«

Schlitzohr …

Die Erschaffung
eines Serienmörders

Heute zieht Pocke um. Ist nicht das erste Mal. Immer, wenn eine Wohnung in unserem Viertel frei wird, packt unser Getränkehändler seine sieben Sachen und wechselt die Immobilie. Der Durchschnittsbürger vermeidet die nervige Packerei, das Herumschleppen der Möbel und den improvisierten Lebensstil, bis alles wieder angeschlossen ist und an seinem Platz steht. Für Pocke ist das ein Freizeitvergnügen.

Also machen wir Mettbrötchen, ziehen die Arbeitshandschuhe an und schleppen seinen Hausrat von A nach B. Alles andere erledigt unser Freund eigenhändig. Pocke hat auf dem Gelände seines Getränkehandels einen Privat-Baumarkt eingerichtet. Alles tipptopp. Wie bei KAUF & BAU. Als Junggeselle hat er keinerlei familiäre Verpflichtungen. Er braucht anderweitig Beschäftigung. Seine Geräte, Maschinen und Werkzeuge behandelt er wie seine Kinder. Er verleiht sie nicht und eine Besichtigung ist nur unter Aufsicht möglich. Unser Getränkehändler ist hilfsbereit, möchte aber bei jeglicher Handwerkelei dabei sein. Seinen Bandschleifer kann man schon ausleihen. Aber nur mit Pocke als Schleifer.

Als die Feuerwehr Sturmschäden beseitigen musste, schlug Pockes große Stunde. Die Kombination aus guter Tat und dem Einsatz seines Sortiments war für ihn der schönste Herbst, den er je verbracht hat. Seinen Häcksler platzierte er mit Hilfe von drei Kabeltrommeln betriebsbereit auf dem Bürgersteig. Und auch sein Kompaktlader, sein Klammernagler und der Paletten-Hubwagen kamen zum Einsatz. Für sein Engagement wurde er von der Gemeinde mit der kommunalen Dankurkunde nebst Verdienstmedaille in Silber ausgezeichnet. Die anschließenden Feierlichkeiten waren geprägt von der Großzügigkeit des Getränkehändlers. Voll wie tausend Mann stellte die versammelte Nachbarschaft fest, dass Freigetränke-Veranstaltungen wie diese zu selten stattfänden.

Es dauerte nicht lange, bis unser alkohol-interessiertes Kollektiv vorschlug, Pocke solle sich einen Schrebergarten zulegen. Das würde ihm einen Aktionsrahmen für seinen Baumaschinenpark und uns einen Aktionsrahmen für weitere Freibiere geben. Pocke gefiel die Idee, und schon bald zogen wir die Arbeitshandschuhe an, um seine neue Laube zu möblieren. Das Erste, was er erschuf, war ein gemauerter Grill. Mit Betonstützen, Kupferblende vor der Feuerstelle, drei Meter hohem Kamin und selbst geschweißtem Grillrost. Die gemauerte Sitzlandschaft kam der Südtribüne im Westfalenstadion gleich. Filigran konnte Pocke nicht. Es musste spektakulär und immer gewaltig groß sein. In dem erschaffenen Monument durften wir alle mit einem Freibier in der Hand Probesitzen, nachdem der Beton ausgehärtet war. Unser Plan ging auf. Jedoch nur kurz.

Bevor wir Pocke die Empfehlung gaben, ein Laubenpieper zu werden, kannte dummerweise keiner von uns das Bundeskleingartengesetz oder den Verband der Kleingärtner. Und daher wussten wir auch nicht, dass Pockes Hang zum Gigantismus überhaupt nicht mit den Regeln einer Kleingartenanlage vereinbar war. Allzu schnell musste er Bekanntschaft mit dem Obervorsitzenden der Kolonie machen. Dessen erste Amtshandlung war eine Abriss-Verfügung, die eintraf, noch bevor die erste Wurst gegrillt war. Die amtliche Nachricht enthielt zusätzlich einen Katalog an vorgeschriebenen Verhaltensweisen und Verboten, die ohne Kompromiss einzuhalten waren: Zum Nachbarn hatte man Abstand zu halten. Gartenlaube und Gewächshaus musste in Größe und Material vom Kolonievorstand zugelassen werden. Nur Rasenfläche war verboten. Waldbäume waren verboten. Badelandschaften waren verboten. Und so ging es noch dreißig Seiten lang weiter. Pocke war gefangen im Blätterwald der kleingärtnerischen Bürokratie. Und wir waren schuld.

Er versuchte es noch mit: »Aber euer Verein heißt doch, Frohes Schaffen beim friedlichen Nachbarn«, aber da war das Kapitel praktisch schon abgeschlossen. Wir beriefen eine Notfallsitzung zur aktuellen Lage unseres Getränkehändlers ein und kamen zu dem Schluss, dass wir Pocke zu einer erfüllten zwischenmenschlichen Beziehung verhelfen mussten. Eine Frau musste her. Das waren wir ihm nach diesem Fehlschlag schuldig. Und außerdem würde eine Verlobung, eine Hochzeit und mögliche weitere Festivitäten dem kollektiven Alkoholpegel sicher nicht schaden.

Aber zunächst wurde wieder eine Wohnung frei und wir zogen die Handschuhe an. In den kommenden Wochen war Renovierungsarbeit zu leisten, die Pocke mit gewohnter Routine und viel Enthusiasmus durchführte. Das gab uns ausreichend Zeit, um die Verkuppelung zu planen.

Die nähere Umgebung wurde durchforstet wie ein Waldstück nach einem Gewaltverbrechen. Ich sprach meine Studienfreundin Uta auf ein mögliches Engagement an. Die war schon seit einigen Jahren Single. Ihre Antwort war eindeutig. »Bist du bekloppt? Als ob ich mir die ewigen Diskussionen, in welcher Farbe das Wohnzimmer zu streichen ist, was es zu essen gibt oder welcher Film geguckt wird noch mal reintun möchte! Und jetzt willst du mir einen Typen mit Werkzeugspleen und Sprudelbude andrehen, der alle sechs Wochen seine Einbauküche abbaut und versucht, die drei Türen weiter wieder zusammenzulöten. NEIN, DANKE!« Uta war raus.

Pocke war als Vermittlungsobjekt zweifellos eine Herausforderung. Er hatte selbst vor ein paar Jahren versucht, eine Frau kennenzulernen. Allerdings war er bei seiner »Bewerbung« ehrlich gewesen: »Leicht übergewichtiger Brauseverkäufer sucht Frau, die gerne Umzugskisten packt, und Schrauben und Unterlegscheiben nach Größe und Material sortieren kann. Steintrennmaschine und Kompressor für den Hammer vorhanden.« Es hat keinen gewundert, dass daraufhin niemand mit Pocke parshippen wollte.

Nicole hatte eine Arbeitskollegin, die wir für Pocke in Erwägung zogen. Allerdings hatte Cynthia sehr konkrete Vorstellungen. Obwohl kein Mann in Aussicht war, hatte sie ihre Hochzeit bereits seit dem Schulabschluss generalstabsmäßig geplant. Eine Robin-Hood-Vermählung im Wald, bei der ihr Zukünftiger in Strumpfhosen mit Pfeil und Bogen auftreten sollte und sie einen Kranz aus frischen Wiesenblumen trug. Der Hochzeitsmarsch sollte auf dem Waldhorn geblasen werden und weiße Pferde spielten auch eine tragende Rolle. Folgende Namen für ihre fünf Kinder standen bereits fest: Gwenifer, Tuck, Arthur, John und Maryanne.

Mal abgesehen davon, dass wir uns Pocke mit seinem Feinkostgewölbe nur mäßig gut in einer erbsgrünen Leggins vorstellen konnten, waren wir uns zudem nicht sicher, ob er als Vater der Kelly Family in Frage kam. Auf seinem Firmengelände liefen zwei Katzen herum, die er immer nur Nr. 1 und Nr. 2 nannte. Es war davon auszugehen, dass er seine Nachkommenschaft ebenfalls durchnummerieren würde. »Nr. 3 hat heute wieder 'ne 5 nach Hause gebracht.« Das wäre, als würden Paris Hilton und Räuber Hotzenplotz die Trapp-Familie gründen. Cynthia war raus.

Tamara, eine Freundin von Gemma, reagierte auf unsere Anfrage mit einer interessanten Anekdote: »Ich habe mir mal zwei Stühle gekauft. Gar nicht billig. Die haben einfach toll ausgesehen. Raffiniertes Design, nichts, was jeder hat, edel und irgendwie satt. Die wollte ich unbedingt. Ich habe sie einfach gekauft. Erst zu Hause habe ich mich dann draufgesetzt und festgestellt, dass die zum Sitzen überhaupt nicht zu gebrauchen sind. Unstabil und wenig bequem. Mehr was zum Anschauen. Und genauso verhält es sich mit den Männern. Manchmal sehen die richtig toll aus, aber, nachdem man sie dann zu Hause hat, stellt sich heraus, dass sie zu nichts zu gebrauchen sind. Und wenn du die dann ausprobierst und dich auf einen drauf setzt, zeigt sich: Der ist mehr was zum Anschauen. Streicht mich von der Liste. Kein Interesse!«

Was sollte uns dieses Gleichnis sagen? Hatte Tamara mit der Männerwelt grundsätzlich abgeschlossen? Oder fand sie Pocke zu attraktiv für eine Beziehung? Bei uns wäre unser Getränkehändler eher in der Kategorie gepolsterter Relaxsessel mit Schlaffunktion gelandet. Wir waren überfordert. Tamara war raus.

Im Gegensatz zu Tamara wollte Olivia, die Schwester von Anne, eine Beziehung führen. Es sollte aber auf keinen Fall ein dominanter Sprücheklopfer mit alten Rollenbildern sein. Das fand sie nicht zeitgemäß. Allerdings wollte sie auch keinen Mann, der bei dem Song »Funkelperlenaugen« von »PUR« in Tränen ausbricht. Also weder Macho noch Weichei. Eigentlich war Olivia auf der Suche nach Sicherheit mit dauerhafter Shopping-Option. Finanzielle Abhängigkeit fand sie offenbar zeitgemäß. Wenn jemand zu ihrer vorherigen Beziehung mit einem wesentlich älteren Mann kommentierte: »Du wärst doch niemals mit dem zusammen gewesen, wenn der nicht unglaublich viel Kohle hätte«, erwiderte Olivia schnell und bestimmt: »Und der wäre nicht mit mir zusammen gewesen, wenn ich unglaublich beschissen aussehen würde! Wenn er mit mir Staat machen will, muss er zahlen. Und so auszusehen, kostet nun mal. Aber darüber, wie viel Zeit und Geld das erfordert, macht sich keiner Gedanken. Kosmetikbehandlung, Pflegeprodukte, Friseur, Massage, Pediküre, Maniküre, Botox, Enthaarungsstudio, soll ich weiter machen? Am liebsten hätten Männer eine natürliche Schönheit, haben aber keine Ahnung, wie viel Make-up nötig ist, um natürlich auszusehen. Mit Kernseife und Pferdestriegel wird man eben nicht zu Cindy Crawford!« Uns beschlich das Gefühl, dass Pockes Getränkehandel nebst privatem Baumarkt nicht ganz das richtige Umfeld für Olivias Kosmetikkoffer wäre. Olivia war raus.

Pille, unser Dorfapotheker, hatte mal an einer Speed-Dating-Veranstaltung teilgenommen und schlug vor, diese schnellen Verabredungen für unseren Freibierlieferanten zu organisieren. Das fanden wir gut, in der Hoffnung, dass ein flüchtiges Kennenlernen für Pocke von Vorteil sein könnte. Unser Pfarrer unterstützte die Mission im Rahmen der Nächstenliebe und stellte seinen kleinen Gemeindesaal für unser Experiment zur Verfügung.

Über die sozialen Medien kündigten wir eine Tombola an. Als Hauptgewinn wurde ein 50-Liter

Fass Bier ausgelobt, das gegen einen kurzen Dialog mit Pocke zu gewinnen war. Parallel schulten wir unseren Hauptdarsteller in der Kunst der kurzweiligen Kommunikation. So etwas wie »Tach, auch hier?« oder »Schon mal 'ne Flasche Pils mit den Arschbacken geöffnet?« wollten wir vermeiden.

Im Nachbarort verteilten wir Flugzettel. Pocke und seine unattraktive Vorliebe für Umzüge waren allerdings über die Ortsgrenzen hinaus bekannt. Deshalb hatten wir hier keine großen Erwartungen an mögliche Teilnehmerinnen. Wie wir erst später erfuhren, hatte der evangelische Pfarrer der Nachbargemeinde jedoch versucht, deren als »verrückte Wendeline« bekannte Dorf-Nervensäge bei Pocke zu verklappen. Wir werden uns dafür rächen. Bei diesem Stadtfest oder dem nächsten.

Und dann war der Tag gekommen. Nicole und Ruth berieten Pocke bei der Wahl seiner Klamotten. Manfred bearbeitete ihn mit der Fusselrolle. Nervös trat unser Gerstensaftexperte an den ersten Tisch und setzte sich unbeholfen. Konrad schlug den Gong und das erste Date war eröffnet.

Tisch 1 – Pippi

Totaler Reinfall. Wir wussten nicht, dass Pocke Angst vor rothaarigen Frauen hat. Sofort wurde eine Flasche Doppelkorn herangeschafft und während Pocke ein paar Pinnchen herunter kippte, wurde Pippi Langstrumpf aus dem Saal geführt. Gong!

Tisch 2 – Gisela

Gisela spuckte Gift und Galle, redete ohne Punkt und Komma und verließ die Veranstaltung, ohne auch nur ein einziges Mal Pockes Stimme gehört zu haben. Später fanden wir heraus, dass dieser Drachen für einen Posten im Stadtrat kandidierte und auf Stimmenfang war. Wer gewählt werden will, muss freundlich sein! Gong!

Tisch 3 – Rebecca

Neustart. Rebecca saß da und war ganz und gar mit ihren Haaren anstatt mit Pocke beschäftigt. Stolz warf sie ihre brünette Wallemähne hin und her, während Pocke versuchte, dem Schleudergang zu folgen und Rebeccas Blick einzufangen. Wir hatten unserem

Kandidaten den Tipp gegeben, über Offensichtliches zu sprechen. Damit keine Zeit verloren geht, für den Fall, dass ihm nichts einfällt. War 'ne blöde Idee. Wir trauten unseren Ohren kaum, als wir ihn fragen hörten: »Ist das 'ne Perücke?« Gong!

Tisch 4 – Irma

Nach einer kurzen Unterredung gestand Irma, dass ihr Mann sie geschickt hätte. Wegen des Hauptgewinns der Tombola. Pocke mochte Irma, stand enttäuscht auf und rückte weiter. Gong!

Tisch 5 – Nellie

Nellie wollte eine dauerhafte Beziehung, um den Mindestbestellwert ihrer Lieblingspizzeria endlich ohne Probleme zu erreichen. Gong!

Tisch 6 – Wendeline

Wendeline brachte eine eigenwillige Begründung für das Führen einer Beziehung vor: »Ich möchte nicht, dass die Polizei meine Tür aufbricht, weil der Geruch meiner Fäulnis bis ins Treppenhaus gewabert ist und die Nachbarn die Behörden informiert haben. Womöglich findet man mich in einer kompromittierenden Situation auf. Ohne Zahnprothese oder mit den Lockenwicklern auf dem Kopf und ohne Schlüpfer unterm Bademantel.«

Die einen haben Kinder, weil sie möchten, dass außer der AOK noch jemand anderes klingelt, wenn sie alt sind. Die anderen führen eine Beziehung, damit jemand sie zurecht tackert, zusammennagelt und dekoriert, bevor sie mit den Füßen voran aus dem Haus getragen werden. Pocke lehnte diese Art der Handwerkskunst strikt ab, merkte jedoch an, dass er die nötigen Werkzeuge, um Wendeline zu Lebzeiten weiterzuhelfen, vorrätig hätte. Gong!

Tisch 7 – Jürgen

Gong!

Es folgten noch mal so viele Tische, die ebenso enttäuschende Ergebnisse lieferten. Wir waren davon ausgegangen, dass es für jeden Topf einen Deckel gibt. Pocke schien ein Wok zu sein. Wir mussten kleinlaut zugeben, dass die Suche nach einer Frau eine egoistische Schnapsidee war, mit dem einzigen

Ziel, uns kostenlos Zugang zu Pockes Bierbeständen zu verschaffen. Es wäre besser gewesen, das Ganze zu lassen. Pocke war jetzt noch alleinstehender. Und wir waren schuld. Schon wieder.

Seine Reaktion waren handwerkliche Übersprungshandlungen. Er verwendete seine Werkzeugabteilung, um völlig funktionsfähige Küchengeräte zu zerlegen. Nur um zu sehen, wie die wohl von innen aussehen. Sybille wusste von einem Serienmörder zu berichten, der seine völlig funktionsfähigen Opfer aus denselben Gründen zerlegt hatte.

Falls sich also irgendjemand irgendwann einmal fragt, wie Serienmörder geschaffen werden: Die kommen aus einer Nachbarschaft, die für Freibier über Leichen geht.

»Es ist erstaunlich, wie fröhlich man die Leute machen kann, wenn man sie ein Fässchen Bier trinken lässt.[1]«
Frankenstein

---

1   Frankenstein, USA 1931, Universal (Regie James Whale, Buch Garrett Ford, Francis Edwars Faragoh, Robert Florey, nach dem Roman Frankenstein or The Modern Prometheus von Mary Wollstonecraft Shelley, Zitat von Frederick Kerr in seiner Rolle des Baron Frankenstein. In: Kordt, Peter: Ich seh dir in die Augen, Kleines. Seite 227

Nachspiel

Unser Viertel hat noch eine Rechnung mit dem Pfarrer der Nachbargemeinde offen.

Wir haben jetzt einen Plan.

Wenn die Sonntagsmesse zu Ende ist und er mit seinen Schäfchen aus der Vordertür tritt, wird einer von uns dem Katholiken im vollen Ornat entgegen scheppern: »Ich werde dich trotzdem immer lieben.« Das soll er dann mal dem Gemeinderat erklären.

Allgemeine Verkehrskontrolle

Der Komiker liest mir manchmal vor.

Wir legen uns mit einem Klassiker auf die Couch, ich kuschele mich an ihn und höre mit geschlossenen Augen zu.

Diesmal hatten wir George Orwells Roman »1984« ausgesucht.

Während ich seiner Stimme lausche, merke ich mittendrin, dass etwas nicht stimmt. Er driftet ins erotische Fach ab: »Er liebkoste ihren Nacken … Sie stöhnte lustvoll auf, als er behutsam …«

So ein blöder Quatsch eben, der ganz bestimmt nicht in Orwells Buch steht.

Als ich die Augen öffne und ihn fragend anschaue, sagt er grinsend: »Ich wollte nur wissen, ob du mitarbeitest.«

Wechselstrom

Bei meinen Nachbarn Dagmar und Manfred steht die Silberhochzeit kurz bevor. Ich bezweifle allerdings, dass es was zu feiern gibt.

Die beiden hatten mit Anfang zwanzig geheiratet und sich in einem traditionellen Eheleben eingerichtet. Manfred kam die Aufgabe der materiellen Versorgung zu, Dagmar war für den Rest zuständig. Eine Aufteilung, mit der beide einverstanden und zufrieden waren. Im vergangenen Jahr hat das letzte Kind das Haus zu Ausbildungszwecken verlassen. Jetzt waren sie nur noch zu zweit. Aber von trauter Zweisamkeit konnte keine Rede sein. Eher von einem Kriegsgebiet im Einfamilienhaus.

Dagmar hatte das Klimakterium ereilt. Und zwar mit allen ungemütlichen Nebenwirkungen, die die Wechseljahre und eine langjährige Ehe für die Frau im besten Alter im Köcher haben. Oberflächlich betrachtet machte Manfred bis vor kurzem einen unauffälligen Eindruck. Hinter seiner bürgerlichen Fassade vollzog sich allerdings eine merkwürdige Veränderung. Das ließ bei Dagmar mit beängstigender

Geschwindigkeit den Wunsch entstehen, ihren Angetrauten niederzumetzeln. Ihre schubweisen Hitzewallungen wollten nicht zu Manfreds neuer Lebensphilosophie passen und entfesselten drastische Fantasien von der Liquidierung ihres Ehegatten.

Die Statistik sagt, dass die Wahrscheinlichkeit von Tötungsdelikten um 183 % steigt, wenn die Midlife-Crisis des Mannes und die Wechseljahre der Frau in den selben Zeitraum fallen.

Ich saß bei Dagmar am Küchentresen und beobachtete, wie sie Kartoffeln mit dem Stampfer bearbeitete. In ihrer Vorstellung spielte sich vermutlich gerade ein ähnlicher Prozess mit Manfreds Birne ab. Sie schwitzte und haderte: »Ich hatte für die Standardausführung unterschrieben. Für einen normalen Kerl. Er bringt den Zaster nach Hause und ich kümmere mich um die Wäsche. Im Standesamt war er noch ein herkömmlicher Durchschnittsmann. Ein Typ mit Mittelscheitel und ordentlich Tinte auf dem Füller. Keine fünf Jahre später hat er ein Schiebedach und sieht aus wie der Deoroller von King Kong. Und seinen Penis hat er inzwischen auch nur noch, damit er weiß, wo vorne ist. Ich beschwere mich nicht, solange ausreichend Batterien im Haus sind. Aber was der jetzt treibt, geht gar nicht. Sag mal, wenn ich ihm mit der alten Flinte von Opa die Melone wegpuste, kann ich das als Jagdunfall verkaufen, auch wenn er im Schlafzimmer gefunden wird?«

Ich reichte Dagmar wortlos ein Geschirrhandtuch, mit dem sie sich den Schweiß von der Stirn tupfte.

Ihre Stimme wurde lauter: »Jetzt will er mit mir nur noch im Partnerlook in die Sauna gehen. Im Partnerlook!!! In aller Öffentlichkeit! Kannst du mir mal sagen, wo der gegengelaufen ist?«

Partnerlook in der Sauna erschien mir für ein heterosexuelles Ehepaar recht umständlich in der Umsetzung, da man ja üblicherweise keine Kleidung trägt. Eine Geschlechtsangleichung war sicher ein langwieriger Prozess. Und wer sollte denn überhaupt unters Messer?

Auf meine Nachfrage unterbricht Dagmar die Küchenarbeit, rennt ins Schlafzimmer und kommt mit zwei Bademänteln zurück. Im hinteren Schulterbereich steht auf dem einen »HACKE« und auf dem anderen »DICHT« in goldenen, glitzernden Großbuchstaben.

Dagmar schnaufte: »Ich bin ein Spielball meiner Hormone. Mir wachsen Haare auf den Zehen und jetzt soll ich im Morgenrock im Spaßbad die Party-peitsche geben? Die Teile sind noch nicht mal aus Baumwolle. Glaubt der allen Ernstes, dass ich so einen Kittel anziehe oder dass die Polyacryl-Joppe ihn aussehen lässt wie Tom Cruise?«

Dagmar fächelte sich hektisch mit einem Topflappen Luft zu und polierte im Geiste den Schalldämpfer einer nicht registrierten Glock Siebzehn 9mm. Sie lachte wie Hannibal Lecter und flüsterte laut: »Ich fahr ein. Ist mir scheißegal. Ich geh auf die Hoeneß-Pritsche. Ich bin so weit! Ich ballere dem die Visage weg! Hast du dir mal angesehen, was der in letzter Zeit für Klamotten trägt? Der sieht aus wie der Glööckler auf Koks! Ich wäre schon längst wieder aus dem Knast, wenn ich den Knallkopp direkt nach dem Standesamt umgelegt hätte!«

Es war in der Nachbarschaft schon aufgefallen, dass Manfred stundenlang mit diversen Katalogen auf der Terrasse saß und sich für die Modetrends interessierte, die aus guten Gründen nicht mehr en vogue waren. In der Midlife-Crisis die vergangenen Zeiten ausgerechnet mit Hilfe von Klamotten aufleben zu lassen, ist ein riskantes Konzept.

Manfred hatte sich für Breitcordhosen, die er bis zum Anschlag hochzog und das Hemd dazu straff in den Hosenbund steckte, entschieden. Außerdem trug er gewissenhaft eine Herrengelenktasche mit sich herum. Wir schlossen Wetten darüber ab, was er darin wohl aufbewahrte. Die Quoten für ein Vokuhila-Toupet standen drei zu eins, aber auch einen aufblasbaren Ghetto-Blaster hielten einige für möglich.

Zusätzlich lag sein Augenmerk auf zwei Trainingsanzügen aus Ballonseide in einem kräftigen Türkis mit pinken Applikationen an Waden und Unterarmen. Ich hatte angenommen, dass die Bundesregierung deren Vertrieb inzwischen unter Strafe gestellt hatte, aber scheinbar konnte man solche Entsetzlichkeiten immer noch völlig legal erwerben. Sollte der Paketbote mit den Dingern bei Dagmar klingeln, wird sie eine AK 47 im Darknet bestellen. Das ist sicher.

Das ganze Drama erscheint noch absurder vor dem Hintergrund, dass Manfred farbenblind ist. Er nimmt seine Umwelt nur in Graustufen wahr.

Das ist eine traurige Angelegenheit, aber die zwei hatten sich im Laufe der Jahre gut damit arrangiert. Es lag in der Natur der Sache, dass Dagmar bisher für sämtliche farblichen Angelegenheiten zuständig war. So kümmerte sie sich um die Gartengestaltung, die Tapetenauswahl, suchte die Tomaten im Supermarkt aus und packte die Koffer. Damit Manfred nicht wie »Bozo der Clown« zur Arbeit ging, legte sie jeden Morgen seine Klamotten heraus: Hemd, Hose, Krawatte, Socken, Schuhe und sogar die Unterhose und die passenden Manschettenknöpfe. So lief es bei den beiden seit Jahrzehnten: Er hatte die Hosen an, sie bestimmte, welche.

Jetzt stellte Manfred diese Gewaltenteilung auf den Kopf und unterstrich seine neue modische Unabhängigkeit mit minderwertiger Katalogware, deren farblicher Horror ihm krankheitsbedingt komplett am Arsch vorbeiging. Damit nicht genug, sollten seine todschicken Entscheidungen seit neuestem auch für Dagmar gelten.

Ohne es zu wissen, torpedierte Manfred damit zusätzlich ein Ventil, das Dagmar in der Vergangenheit das ein oder andere Mal zur ehelichen Frustbewältigung genutzt hatte.

So auch, als Manfred von einer Geschäftsreise eine Katze mit nach Hause brachte. Er wollte das Tier vor dem sicheren Tod auf den Straßen Madrids retten. Dagegen war zunächst nichts einzuwenden, aber die Versorgung der Samtpfote blieb an Dagmar hängen. Das Kätzchen war niedlich, aber vom Leben gezeichnet. Sie war nicht stubenrein und verfügte zu Dagmars Entsetzen über keinerlei Deutschkenntnisse. Jetzt saß sie mit einer verhaltensgestörten Katze auf ihrer verpinkelten Katzen-Couch und versuchte mit Hilfe der Übersetzer-App auf dem Smartphone dem Tier begreiflich zu machen, was es mit dem Katzenklo auf sich hatte.

Ungefähr zwei Wochen nach Ankunft der Katze sah ich Manfred in einer Mischung aus einer afrikanisch anmutenden Bermuda-Shorts mit wilden

Safarimustern und einem neonfarbenen Shirt in orange-violett mit geometrischen Figuren zum Baumarkt fahren.

Dagmar warf einen Blick auf die Katze und winkte ihrem Gatten mit großer Genugtuung zum Abschied aus dem Küchenfenster zu. Ich gehe davon aus, dass Manfred bis heute nichts von seinem Auftritt als bunter Unterhaltungskünstler in der Dachlattenabteilung von OBI weiß. Die Rache einer Ehefrau kann hinterhältig sein und wird in der Regel kalt lächelnd vollzogen.

Die Statistik sagt, dass viel mehr Männer ihre Frauen verlassen würden, wenn sie wüssten, wie man Koffer packt.

Manchmal gerate ich zwischen die Fronten. Dann ruft Manfred mich an und fragt um Rat im Umgang mit seiner Frau. Ich mag Manni sehr, er ist ein guter Freund und überhaupt nicht dumm, aber wenn es um frauliche Sachverhalte geht, wird er schnell nervös und gibt sein Gehirn an der Garderobe ab.

Manni: »Ich kenn' sie gar nicht wieder, jetzt, wo sie im Krematorium ist.«

Ich: »Klimakterium, Manni. Das heißt Klimakterium. Zumindest, wenn du die Wechseljahre meinst. Im Krematorium werden Leichen verbrannt.«

Manni: »Ich sehe da Parallelen.«

Ich: »Na ja, in gewisser Weise löst sich die Fruchtbarkeit der Frau in Rauch auf. Hormonell gehen die Eierstöcke auf den Friedhof.«

Manni: »Damit kenn’ ich mich nicht aus. Der Wellensittich von Daniel war mal in der Mauser. Der sah genauso zerrupft aus wie Dagmar.«

Ich: »Manche Frauen verlieren ihre Haare, bei anderen wachsen sie plötzlich da, wo sie nicht hingehören.«

Manni: »Na, hoffentlich kriegt sie keinen Schnäuzer. Ich lieb’ sie, wie sie ist, aber das aktuelle Programm reicht mir völlig: Erst schwitzt sie, dann heult sie, am Ende brüllt sie. Und die ganze Zeit über atmet sie so vorwurfsvoll. Am schlimmsten ist es, wenn sie lacht, als wäre sie geisteskrank. Richtig unheimlich ist das! Und wenn sie dann bald auch noch aussieht wie Burt Reynolds …«

Ich sah Dagmar schon in Handschellen auf der Polizeiwache sitzen: »Das war Notwehr, Herr Kommissar. Beweisstück A: mein neuer Bademantel. Beweisstück B: mein Rasiermesser.«

Ich versuch’s mal historisch: »Früher wurden die Menschen selten älter als vierzig.«

Manni: »Ach, und deshalb waren die Wechseljahre noch nicht erfunden worden? Wann hat Edison denn damit angefangen?«

Ich: »Das war Wechselstrom, Manni. Und das war auch nicht Edison. Das war Tesla.«

Mann, jetzt geht's aber durcheinander. Irgendwie läuft's nicht so richtig. Ich fang noch mal an.

Ich: »Was ich damit sagen will, ist, dass sich durch ein kürzeres Leben auch die Laufzeit einer Ehe auf ein realistisches Maß reduziert.«

Manni: »Das macht Sinn. Wenn man mit vierzig stirbt, ist man nicht so lange verheiratet.«

Ich: »Oder man heiratet später. Dann hat man eine Chance ›bis dass der Tod uns scheidet‹ zu schaffen.«

Manni: »Also, wenn ich dich richtig verstanden habe, läuft es so: Entweder man hat Glück und stirbt früh. Oder man heiratet erst, wenn man schon fast tot ist, und geht dann über die ganze Distanz.«

Ich: »Genau!«

Manni: »Ich bin jetzt seit 24 Jahren verheiratet und noch am Leben. Das sieht ja irgendwie ganz stark nach der Arschkarte für mich aus!«

Ich: »Ach, wieso? Das ist wie mit der langjährigen Betriebstreue. Heutzutage verändert man sich öfter mal. Es bleibt doch kaum noch einer ein Leben lang in derselben Firma.«

Manni: »Was willst du mir denn damit sagen? Ich soll wechseln?«

Ich: »Wie wäre es mit tauschen? Wie bei der Abwrackprämie. Alten Spritschlucker gegen neuen Flitzer. Oder ein schicker Zweitwagen …«

Was rede ich denn da. Hab ich jetzt etwa mein Gehirn an der Garderobe abgegeben? Vielleicht verrenne ich mich hier gerade ein bisschen … Wenn das so weitergeht, jagt Dagmar mich mit der AK 47 durch die Rabatten.

Ich: »Ist nur Spaß, Manni!«

Manni: »Ich habe in letzter Zeit echt versucht, besonders nett zu Dagmar zu sein. Weil ihre Eierstöcke doch jetzt Achterbahn fahren und weil sie immer so laut mit der Katze rumschreit.«

Ich: »Besonders nett?«

Manni: »Ja, ich habe ganz tolle Bademäntel für uns zwei gekauft. Schön glänzend und mit lustiger Aufschrift. Ich wollte ihr halt mal eine ganz große Freude machen mit dem Partnerlook. Ich plane da auch noch eine weitere Kombination aus zwei Trainingsanzügen, mit denen wir zum Golfen gehen können.«

Ich: »Lass das mal besser.«

Manni: »Wieso? Partnerlook ist doch wie eine optische Liebeserklärung! Da kann jeder unsere Verbundenheit sehen und alle wissen, dass wir zusammengehören.«

Ich: »Sag mal, hast du in vierundzwanzig Ehejahre eigentlich gar nichts gelernt?«

Manni: »Doch. Ich frage sie besser nie wieder, ob das Kleid nicht zu eng sitzt.«

Ich: »Gute Idee! Übrigens werden, statistisch betrachtet, Männer, die ihrer Frau regelmäßig sonntags Frühstück ans Bett bringen, seltener anonym bestattet.«

Manni: »Womit wir wieder beim Krematorium wären. Ich sag doch: Da gibt's Parallelen!«

Epilog

§ 1314 BGB Aufhebungsgründe einer Ehe

(Auszug aus dem Bürgerlichen Gesetzbuch der Bundesrepublik Deutschland)

[…]

(2) Eine Ehe kann ferner aufgehoben werden, wenn

1. Ein Ehegatte sich bei der Eheschließung im Zustand der Bewusstlosigkeit oder vorübergehender Störung der Geistestätigkeit befand;

2. Ein Ehegatte bei der Eheschließung nicht gewusst hat, dass es sich um eine Eheschließung handelt;

3. Ein Ehegatte zur Eingehung der Ehe durch arglistige Täuschung über solche Umstände bestimmt worden ist, die ihn bei Kenntnis der Sachlage und bei richtiger Würdigung des Wesens der Ehe von der Eingehung der Ehe abgehalten hätten; dies gilt nicht, wenn die Täuschung Vermögensverhältnisse betrifft oder von einem Dritten ohne Wissen des anderen Ehegatten verübt worden ist;

4. Ein Ehegatte zur Eingehung der Ehe widerrechtlich durch Drohung bestimmt worden ist;

5. Beide Ehegatten sich bei der Eheschließung darüber einig waren, dass sie keine Verpflichtung gemäß § 1353 Abs. 1 begründen wollen.

Vorurteile

Pepe, der Mops unseres Dorffriseurs Emre, hat die Angewohnheit, sich samstagvormittags einen Snack bei mir abzuholen. Seine Leibspeise sind zwei mit reichlich Leberwurst zusammengeklebte Scheiben Knäckebrot. Wenn Pepe sein Kläffer-Knoppers verputzt hat, begleite ich ihn zurück ins Dorf und übergebe ihn an Fritte, Emres Lebensgefährten.

Fritte sitzt gewohnheitsgemäß vor der Imbissbude und trinkt ein paar italienische Mokka, bevor er die Fritteusen und den Pizzaofen anwirft und das Geschäft für seine Gäste öffnet. Pepe legt sich unter die vor der Bude aufgestellten Tische und lauert auf herabfallende Essensreste. Die sagen ihm weit mehr zu als die Haare, die bei seinem Herrchen Emre im Salon von den Häuptern geraspelt werden.

Fritte hat im Inneren seines Ladens einen großen Fernseher angebracht. Als Italiener ist es ihm wichtig, ständig über alles, was im Fußball läuft, informiert zu sein, und seine Kunden schätzen die visuelle Berieselung während der Vernichtung der Currywürste. Für die Kinder der Nachbarschaft schaltet Fritte das

Gerät manchmal auf Sendungen um, die die Kleinen zuhause nicht schauen dürfen. Auf diese Weise sorgt er bereits bei der jungen Generation für eine stabile Kundenbindung.

Wenn ich mit Pepe aufkreuze, wartet Fritte schon mit süßen Hörnchen und einem Espresso auf mich. Emre winkt uns von gegenüber zu und stellt seine Werbeschilder auf, Marie hält vor dem Blumengeschäft nach Gemma Ausschau, die jeden Moment vom Blumengroßmarkt zurückkommt, und von irgendwoher hört man Pocke mit seiner Kehrmaschine den Bürgersteig abfegen. Lotto-Ludo kommt mit der Lostrommel herüber und preist seine Rubbellose an. »Keine Nieten, jedes Los gewinnt«, schwindelt er lachend und leistet uns auf einen Mokka Gesellschaft. Von Zeit zu Zeit vermisse ich den Rummel der Großstadt, aber an diesen Vormittagen ist die Welt auf dem Land für mich in Ordnung. Ich kann mir keinen besseren Start ins Wochenende vorstellen.

Fritte und ich haben immer reichlich Gesprächsstoff, zumal wir die Leidenschaft für Mord und Totschlag teilen und uns oft zusammen Fernsehsendungen ansehen, bei denen es um Verbrechen und deren Aufklärung geht. Die Abgründe der menschlichen Natur faszinieren uns. Wir mögen das Gefühl, dass die Verderbtheit in der Idylle unseres ländlichen Alltags ein kleines bisschen überlebt hat.

Leider ist es Fritte nicht vergönnt, Schutzgeld zu zahlen. Das wäre eine reale Möglichkeit, die Aufregung krimineller Energien hautnah zu erleben. Aber bei uns in der Provinz ist die Mafia nie angekommen. Aus Mangel an verbrecherischen Organisationen kommen wir also als Opfer nicht infrage. Und auch als Verbrecher eignen wir uns nicht so recht. Lediglich die Dauerkrause, die Emre an unserem Nachbarn Rudi verbrochen hat, könnte man strafrechtlich als grobe Körperverletzung verfolgen. Fritte indes ist ohne jede Schuld. Der Verzehr von gesundheitsgefährdenden Fettschleudern unterliegt schließlich der Eigenverantwortung des Einzelnen. Der einzige Gewohnheitsverbrecher unter uns ist Pepe. Der skrupellose Räuber schreckt nicht davor zurück, unschuldigen Kinder die Pommes vom Seeräuberteller zu mopsen, wenn gerade keiner hinsieht.

Fritte und ich sitzen gerne nach Feierabend in seinem Laden vor dem Fernseher, um die Kollegen von der kriminaltechnischen Abteilung in Las Vegas und Miami bei der Aufklärung eines Falls zu unterstützen. Der durch die Frontscheibe des Ladens scheinende Mond bietet die richtige Atmosphäre, um unserer Begeisterung für forensische Wissenschaften nachzugehen. Ich gebe zu, dass wir manchmal ein bisschen übertreiben, wenn wir Tatorte nachstellen und unsere eigenen Untersuchungen durchführen.

Ich habe mir extra einen Aluminium-Koffer angeschafft. Mit dem tauche ich am Tatort auf, mache ein bedeutendes Gesicht und frage nach der Leiche, um kurz darauf der Welt meine fallrelevanten Erkenntnisse mitzuteilen: »Todeszeitpunkt zwischen gestern und Christi Himmelfahrt.«

»Die Leiche ist tot. Erschossen, dann erdrosselt und final ersäuft. Ob Drogen im Spiel waren, müssen die Kollegen im Labor anhand der Zahnuntersuchung klären.«

»Personen, die sich während der Tat am Tatort aufhalten und die Tat verüben, sind möglicherweise die Täter.«

Ich bin die Frau mit der UV-Lampe, dem Luminol-Pulver und der Pinzette im Koffer. Fritte trägt Sonnenbrille, Trenchcoat und Seitenscheitel. Als eine Mischung aus Horatio Caine, Miss Marple, Columbo und der Akte X-Tante sind wir den Tätern auf der Spur.

Manchmal ruft Kollege Fritte Caine an und informiert mich darüber, dass Lotto-Ludo sich wieder bis zum Pupillenstillstand die Batterien abgeklemmt hat. Das ist insofern von Interesse, als dass uns der Losverkäufer in der Vergangenheit bereits als Mordopfer gedient hat.

Als Lotto-Ludo wieder mal granatenvoll unter einem der Imbisstische seinen Rausch ausschlief, postierten wir uns um den Liegeplatz und sicherten den Tatort mit weiß-rotem Flatterband aus dem Baumarkt. Störend waren die lauten Schnarchgeräusche, die unsere Aushilfsleiche von sich gab. Es war nicht leicht, unter diesen Umständen als Kriminaltechnikerin Spuren zu sichern. Aber mit meinem Alu-Koffer ging's. Den habe ich Ludo über die Rübe gezogen. Danach war Ruhe und ich konnte ihm ein Büschel Haare zur Analyse ausreißen.

Fritte lud Pepe zum Verhör. Der lag als Zeuge neben der Alkoholleiche. Viel war aus dem Berufsdieb nicht herauszukriegen. Der Köter schwieg beharrlich. Kein Wunder. Der wollte sich nicht selbst belasten. Die Reste seines letzten Beutezuges klebten ihm noch an den Lefzen. Der würde ganz sicher keine Aussage machen. Ich nahm eine Krümelprobe, um die Fast Food-DNS abzugleichen. Das Ergebnis war eindeutig: Salami mit doppelt Käse. In meinem Abschlussbericht musste ich festhalten: Der Mops, bekannt als Pepe alias die Töle, ist ein hochkrimineller Wiederholungstäter.

Wir unterstellten einen Zusammenhang zwischen dem Verbrechen und der Lotto-Annahmestelle des Opfers. Möglicherweise sollte der Code für den Safe des Geschäfts aus ihm herausgeknechtet werden.

Jeden Morgen wurde in der Lottobude die Geheimkombination des Tresors geändert, was Ludo und seinen Minijobber zu immer demselben Dialog veranlasste: »Wie ist der Code heute?«

»Hellbraun, Chef, hellbraun.«

Der Fall war so gut wie gelöst: Der Täter hatte übertrieben und den Chef der Glücksspirale versehentlich zu Tode gefoltert. Da hatte einer eindeutig die falschen Zahlen gezogen. Vermutlich würden wir eine Lottokugel in seinem Rachen finden. Todesursache: Nr. 25.

Die Rekonstruktion des Tatablaufs und die Identifizierung des Täters waren für uns abrupt zu Ende, als Lotto-Ludo von den Toten auferstand und nach einer Kopfschmerztablette verlangte.

Emre konnte mit unserem Hobby nichts anfangen, hatte aber großes Verständnis für das Interesse seines Lebensgefährten. Deshalb überraschte er Fritte immer mal wieder mit Detektivutensilien und naturwissenschaftlichen Baukästen. Diese dienten uns als Grundlage für weiterführende Studien. Die Experimente erforderten allerdings eine gewisse Härte in Bezug auf das menschliche Gefühl des Widerwillens und des Abscheus. Mein Ekelpegel ist niedrig. Mich widert körpereigenes Material an. Blut und Haare gehen in Ordnung, aber für Speichel, Urin und sonstiges Gekröse ist Fritte zuständig. Der hat damit kein Problem. Dem ist nichts Menschliches fremd. Der arbeitet im Imbiss.

Wenn einer von uns einen Fingerabdruck auf einem der Stehtische oder dem Tresen entdeckt, wird sofort Pommes-Salz darauf gestreut, mit Klebeband ein Abdruck erzeugt und in unsere biometrische Exceltabelle eingescannt. Neulich habe ich Fritte eine Schere in den Zeigefinger gerammt, um sein Blut zu analysieren. Das war schmerzhaft, aber der Fritten-schmied hat akzeptiert, dass jeder von uns Opfer bringen muss.

Wir sind auch schon mit Spaten, Müllsack und Gummihandschuhen durch den Kurpark gelaufen und haben Spaziergänger vielsagend angestarrt. Ein-mal hat Fritte sich neben einen Mann auf eine Park-bank gesetzt, ihm ein Foto von Pepe, der Töle, in einem Umschlag zugeschoben und geraunt: »Es soll wie ein Unfall aussehen.« Dann hat er sich wortlos entfernt und wir haben aus der Ferne die Reaktion unseres potentiellen Auftragsmörders analysiert.

Unsere Nachbarschaft steht ständig unter General-verdacht. Die Neugier auf alles Kriminelle macht Spekulationen darüber, wer schon mal einen unlieb-samen Mitmenschen um die Ecke gebracht haben könnte, zwangsläufig notwendig. Oleg, der Lebensgefährte von Jolanda, stand schon länger auf unserer Liste. Wir waren zuversichtlich, dass wir ein passendes Verbrechen für ihn finden würden.

Oleg ist Russe. Das ist nicht illegal, aber suspekt.

Genau wie der Schriftsteller Vladimir Nabokov und der Maler Leonid Pasternak war Oleg irgendwann aus Russland nach Berlin gekommen. Als »Mädchen für alles« hatte er beim Mariinski-Theater in Sankt Petersburg hinter den Kulissen gearbeitet. Als seine Frau, eine Ballett-Tänzerin, zum Staatsballett nach Berlin berufen wurde, konnte Oleg dort ebenfalls als Faktotum arbeiten. Ein paar Jahre nach der Übersiedlung trennten sich die beiden und Oleg kam nach der Scheidung auf Umwegen in unsere beschauliche Gegend. Er fand einen Job als Schutz- und Sicherheitsfachkraft am Dortmunder Flughafen. So zumindest lautete die Geschichte, die wir kannten.

Zu Beginn war unser Neuzugang verschlossen. Er mochte die Anonymität der Großstadt, wie er sie aus Berlin kannte. Bei uns ist ein solches Ansinnen jedoch nichts weiter als ein frommer Wunsch. Als er dann auch noch mit Jolanda zusammenkam, gab es für ihn keine Chance auf Privatsphäre mehr.

Jolanda arbeitet zwar im Supermarkt, ist aber ausgebildete Hutmacherin. Sie beteiligt sich regelmäßig an der Anfertigung der Kostüme für die Theaterstücke, mit der unsere vollkommen talentfreie Laienschauspielgruppe ihre Umgebung foltert. Dass der Russe in Berlin und Sankt Petersburg hinter der Bühne gearbeitet hatte, blieb nicht lange ein Geheimnis, und so wurde er um Unterstützung bei der Bauernmalerei für die Kulissen des geplanten Schwanks in drei Akten: »Der Knecht, die Magd und das Schweigen der Jauchegrube« gebeten. Dort lernten Jolanda und Oleg sich schließlich näher kennen.

Auch unser Dorftotengräber bat Oleg um Hilfe. Er sollte für die erkrankte Bestattungsfachkraft einspringen und die alte Frau Wadenkrumm für ihren letzten Auftritt in der Leichenhalle schminken. Das war in gewisser Weise auch Bauernmalerei. Das Ergebnis war verblüffend. Frau Wadenkrumm hat zu Lebzeiten nie besser ausgesehen.

Der Osteuropäer war hilfsbereit, machte einen gutmütigen Eindruck und seine tiefe, sonore Stimme beruhigte die Kinder in der Umgebung auf magische Weise. Wenn er ein russisches Volkslied anstimmte, fielen die Kleinen innerhalb kürzester Zeit in einen tiefen Schlaf. Wir witzelten darüber, Oleg als Narkosemittel zu vermarkten. Fritte und ich spekulierten allerdings zeitgleich darüber, ob es sich um eine vom Geheimdienst antrainierte Methode handelte, die ihn befähigte, den Feind ins Koma zu trällern.

Uns fiel auf, dass der angebliche Russe verdächtig viele Begabungen hat. Er kann Holzarten am Geruch erkennen, jedes biegsame Material in alle denkbaren Formen verknoten und Statuen und Masken aus Papiermaché herstellen. Außerdem ist er an der Playstation nicht zu schlagen.

Um zu überprüfen, ob Oleg tatsächlich Russe ist, hatte ich ihn unter Verwendung meiner professionell unauffälligen Ermittlungstechnik gefragt, ob er Schach spielen und Kasatschok tanzen könne. Das Ergebnis war zu durchschnittlich, um normal zu sein. Schach konnte er, aber nicht besonders gut. Tanzen war überhaupt nicht sein Metier. Jemand, der sich so unspektakulär gab, musste etwas zu verbergen haben. Fritte war davon zunächst nicht ganz so überzeugt wie ich.

Ich fasste zusammen: »Der hat so gar nichts von einem traditionellen Russen. Er isst Spaghetti lieber als Boeuf Stroganoff. Er hat keine riesige Nase oder einen dieser russischen Schnurrbärte. Er trägt auch keine Mütze mit Ohrenklappen. Und am allerauffälligsten: Der trinkt sich nicht den Verstand mit Wodka weg. Nur seine Geheimdienst-Stimme passt zu seiner angeblichen Nationalität.«

Fritte: »Er kann aber russische Volkslieder singen.«

Ich: »Woher weißt du, dass das Russisch ist? Vielleicht ist das Englisch auf Russisch.«

Fritte: »Hä?«

Ich: »Ich meine, vielleicht ist der Amerikaner aus Texas und alles andere ist gelogen. Was wäre, wenn wir mit einem Schläfer im selben Viertel wohnen, der nur darauf wartet, unsere Regierung zu unterwandern, ein Attentat zu verüben oder einen Politiker unauffällig auszuschalten.«

Fritte: »Cool.«

Ich: »Wusstest du, dass der Telefonbücher sammelt? Jolanda hat mir erzählt, dass der über siebzig Stück hat, von fast allen Großstädten Deutschlands.«

Fritte: »Viele Menschen sammeln sinnlose Dinge, von denen sie noch dazu annehmen, dass es sich um wertvolle Investitionen handelt, nur weil sie für ihre Clown-Puppen-Sammlung beim Shoppingkanal ein Vermögen hingeblättert haben. Am Ende sind sie dann selbst der dumme August.«

Ich: »Sag mal, kennst du den Telefonbuchtrick gar nicht? Das ist eine Verhörtechnik, bei der dem Verdächtigen mit dem Telefonbuch die Visage poliert wird. Das hat den nicht zu leugnenden Vorteil, dass keine offensichtlichen Prügel-Verletzungen sichtbar sind. Das nennt sich weiße Folter. So wie Waterboarding. Nur ohne Water. Und ohne Boarding.«

Fritte: »Wow, das ist allerdings mindestens nicht unverdächtig! Ich glaub, ich hätte gerne 'ne Wumme. Nur so, fürs Gefühl …«

Ich: »Neulich hat Oleg sich bei Werner erkundigt, ob er in seiner Bank auch Geld drucken kann.«

Fritte: »Ich dachte, das wäre ein Scherz gewesen.«

Ich: »Wenn der Russe ist, hat der keinen Humor. Wir müssen unbedingt weitere Nachforschungen anstellen.«

Die folgende Observierung verlief enttäuschend. Entgegen der landläufigen Meinung, alle Russen würden morgens um sieben mit dem ersten Wodka anfangen, betrank sich Oleg nur mit Tee, bis er 1,6 Kamille hatte. Er selbst lieferte die Information, dass Tee als Nationalgetränk der Russen gilt. In Russland hat offenbar jeder Haushalt einen Samowar, der in den astronomisch kalten Wintern von jeher für ständigen Nachschub an heißem Teeextrakt im Kessel sorgt. Mittels eines kleinen Hahns wird nur ein wenig davon in eine Tasse gegeben und mit heißem Wasser aufgefüllt. Oleg besitzt einen solchen, wunderschön in Handarbeit gefertigten Teebereiter. Schon wegen der Zeremonie macht es Spaß, mit ihm ein Tässchen zu trinken. Allerdings könnte er mir natürlich jederzeit etwas Illegales in den Aufguss mischen …

Was mich zusätzlich misstrauisch werden ließ, war die Tatsache, dass Oleg vor unserem Teeplausch immer zuallererst sein Mobiltelefon ausschaltete. Er begründete diese Maßnahme mit einem saloppen »Wäre doch unhöflich zu telefonieren, oder?« Ich aber vermutete, dass er nicht geortet oder abgehört werden wollte. Endlich eine Spur! Der Typ steht im Dienst der chinesischen Teebeutelliga!

Jetzt wollte ich es ganz genau wissen und verhörte Oleg betont beiläufig zu einem Gerücht, dass mir schon seit geraumer Zeit im Kopf herumschwirrte.

»Stimmt es eigentlich, dass man jeden beliebigen Russen für tausend Euro mit einem Mord beauftragen kann?« Oleg schwieg kurz und lachte dann laut.

Plötzlich kam ich mir ziemlich dämlich vor. Was hatte ich mir nur dabei gedacht? Den armen Oleg so zu verdächtigen. Er war so ein netter, hilfsbereiter Kerl! Hatte Eva zur Geburt ihrer Zwillinge Matrjoschka-Puppen geschenkt und uns im Winter geholfen, die Einfahrt von Eis und Schnee zu befreien.

Oleg hörte auf zu lachen, schaute mir direkt in die Augen und sagte dann ruhig und sehr verständlich: »Ich habe nicht gelacht, weil das nicht möglich ist. Ich habe gelacht, weil es absolut lächerlich ist zu glauben, dass so ein Auftrag nur tausend Euro kostet. Ein einziges Knie wegzuschießen kostet ja schon dreitausendachthundert Euro plus Mehrwertsteuer, bei Durchführung in Deutschland. Zahlungsbedingungen: Vorauskasse Barzahlung, in kleinen Scheinen, 5 % Skonto bei beiden Knien. Wir haben weitere Dienstleistungen im Katalog. Wenn der Klient es wünscht, können wir jemanden ohne Spur verschwinden lassen und es der gewünschten Person oder Regierung in die Schuhe schieben.«

Fritte und ich haben unser Hobby an den Nagel gehängt. Wir grüßen Oleg jetzt immer mit einem demütigen Diener, um unsere Ehrerbietung zu demonstrieren. Im Imbiss wird der Russe bevorzugt und selbstverständlich kostenfrei bedient. Und Emre bemüht sich, trotz zitternder Schere, um besondere Präzision, wenn Oleg sich bei ihm die Spitzen schneiden lässt. Natürlich ohne Berechnung. Ist Ehrensache. Ganovenehre.

Das hat man davon, wenn man der Gesellschaft dienen und Verbrechern das Handwerk legen will. Man wird zur Zielscheibe von Auftragskillern mit Telefonbuchsammlung.

Ich schlafe sehr unruhig. Geräusche machen mich nervös.

Schutzgeld hätte echt gereicht.

Epilog

Jolanda: »Irgendwann müssen die Menschen lernen, dass die Bevölkerung eines Landes allzu oft absolut nichts mit der Gesinnung ihrer Regierung zu tun hat.«

Oleg: »Mit Vorurteilen schaden sie nur sich selbst. Ich nehme heute Abend wieder die Vorspeisenplatte und die extra große Portion Tagliatelle mit doppelt Trüffel. Soll ich für dich noch mal die Meeresfrüchte-Pizza bestellen?«

Jolanda: »Ja, und ein Fläschchen Wein. Morgen gehe ich übrigens zu Emre. Waschen, schneiden, legen.«

Er hat eine Affäre

Manchmal will ich mit dem Kopf durch die Wand. Allerdings vergesse ich, vorher darüber nachzudenken, dass ich danach eine Beule an der Birne habe und ein Loch in der Mauer ist. Über Konsequenzen mache ich mir weniger Gedanken, als ich sollte.

Diesmal wollte ich einen Hund.

Der Komiker war skeptisch und machte Alternativvorschläge. »Wir können doch wieder einen Hamster ins Gästezimmer setzen. Oder wie wäre es mit einem Kriechtier. Oder wir setzen zu der Schildkröte im Gartenteich noch einen Axolotl.«

Hielt der mich für bescheuert? Axolotl, was sollte das denn sein? Hörte sich wie eine zufällig zusammengestellte Buchstabenfolge an, ein ohne Sinn und Verstand wirr aneinander gereihtes Gemenge aus Vokalen und Konsonanten, oder wie eine fiese Kreatur aus einem Alien-Film. Ich wollte ein Kuscheltier und kein Science-Fiction-Monster zusätzlich zu der Suppeneinlage mit Aschenbecher-Option, die sich bereits seit Jahren uneingeladen im Teich tummelte. Mein neuer Gefährte sollte flauschig und niedlich mit einer kalten

Nase sein. Der beste Freund des Menschen. Treu und ergeben.

Der Komiker beschloss, seine Strategie zu ändern, und fragte verschlagen: »Kennst du Cujo?« Wollte der mir etwa Angst machen? Die Geschichte, die von einem Bernhardiner handelt, der tollwütig ein paar Leute tötet und letztendlich selbst erschlagen wird, ist ein Roman von Stephen King und nichts, was tatsächlich passiert ist. Netter Versuch, Witzbold!

Immer noch darauf hoffend, dass ich mir den Hund aus dem Kopf schlage, stellte der Komiker schnell ein umfangreiches Regelwerk zusammen:

»Erstens: Der Hund kommt nicht ins Bett und nicht auf die Couch.

Zweitens: Der Hund muss im Auto angeschnallt hinten sitzen.

Drittens: Der Hund schleckt mir nicht durchs Gesicht.

Viertens: Der Hund schnüffelt weder an den eigenen noch an fremden Geschlechtsteilen.

Fünftens: Kein Knurren, kein Betteln, kein Sabbern.

Sechstens: Der Hund haart nicht.

Siebtens: Der Hund ist nicht dämlich.

Achtens: Der Hund bleibt dem Badezimmer fern, wenn ich mich dort aufhalte.

Neuntens: Dem Hund werden keine bescheuerten Klamotten angezogen.

Offenbar hatte der Komiker zu oft diesen Film geguckt, bei dem eine sabbernde Dogge einem Polizisten die ganze Hütte auseinandernimmt und Teile seines Autos auffrisst. Sein Problem!

Die Regeln waren natürlich Blödsinn, aber ich versicherte, sie allesamt strikt einzuhalten. Nach wochenlangen Diskussionen stimmte der Komiker schließlich unter der Voraussetzung zu, dass er mit dem Tier – nun und für immerdar – absolut nichts zu tun haben müsse, er den Namen aussucht und dass es ein ordentlicher Hund ist.

»Zehntens: Keine Boden-Bifi. Der Hund passt nicht in eine Handtasche.«

Okay, das Tier sollte also eine vernünftige Größe haben. Das war wenigstens eine realistische Forderung. »Elftens: Und nicht so einer, der sich am Bein hochpumpt.«

Die Entscheidung fiel im Tierheim. Der Komiker ging widerwillig mit. Nur mal gucken. »Aber wir treffen keine spontane Entscheidung. Wir gehen heute nicht mit einem Hund nach Hause. Die Sache muss wohlüberlegt sein.«

Es gab einen Wurf Welpen. Eine Mischung aus Labrador und Dogge. Ein zuckersüßes schwarzes Fellknäuel kam auf den Komiker zugetapst und schleckte ihm die Hand. »Dieser hier! Ich will diesen hier. Er soll Hoboken heißen.«

»Wieso denn Hoboken? Wer oder was soll das denn sein? Warum nichts Cooles? So was wie Eastwood, Bogart, Pacino oder Pastewka?«

»Warum nicht gleich Ochsenknecht oder Schweiger? Irgendwie habe ich das kommen sehen. Der Hund heißt Hoboken.«

Okay, Hauptsache ein Hund.

Der Komiker tat unbeteiligt, war aber insgeheim enttäuscht, dass wir warten mussten, bis unser Hundebaby ein bisschen älter und alle Formalitäten erledigt waren.

In den folgenden Tagen kaufte ich den Markt für Hundezubehör und Futter leer und meldete meinen kleinen Schatz in der Hundeschule an. Als wir ihn abholen konnten, war der Komiker das erste Mal in seinem Leben zu früh dran. Er saß im Auto und rief mich im Badezimmer an, um zu fragen, wo ich bliebe. Schon auf der Rückfahrt hielt er sich nicht an seine eigenen Regeln. Der Welpe durfte auf seinem Schoss sitzen. »Hoboken ist noch zu klein für den Rücksitz.«

Mein Leben änderte sich. Plötzlich ging ich regelmäßig spazieren, lernte andere Hundeeltern kennen und beschäftigte mich mit der effizienten Entfernung von Zecken. Ich tat alles, um meinen Flauschball glücklich zu machen. Füttern, spielen, bürsten, baden und streicheln. Ich stellte noch dazu ein Planschbecken für ihn im Garten auf, nachdem ich festgestellt hatte, dass er eine Vorliebe für Wasser hatte. Mein Liebling entwickelte sich gut und wurde schnell größer. Ich war glücklich mit meinem Hoboken.

Aber es gab einen Wermutstropfen. Sobald der Komiker auf der Bildfläche erschien, war ich vollkommen abgemeldet. Nicht nur bei Hoboken.

Der Hund drehte regelrecht durch, fing an zu fiepen, heulte wie ein Wolf und rotierte um die eigene Achse, schon wenn er das Auto in der Einfahrt hörte. Die Luftschlange, die sich, als Hoboken noch ein Baby war, unkontrolliert an seinem Hinterteil im Kreis bewegte, hatte sich zu einer beachtlichen Rute entwickelt, die jetzt so schnell von links nach rechts wedelte, dass sie kaum mehr wahrzunehmen war. Der Komiker rief schon vor dem Haus nach meinem pelzigen Gefährten, öffnete die Tür und ging sofort zu Boden. Er ließ Hoboken jaulend auf sich herum springen und wiederholte immer wieder: »Der Papa ist ja wieder da.« Fehlte nur noch ein: »Dein Leiden ist zu Ende.«

Nach dieser beachtlichen Zirkusnummer schleppte der Hund seine komplette Spielzeugsammlung, die ich für ihn gekauft hatte, an. Aber das war ihm nicht genug. Er weitete seine Opfergaben auf den kompletten

Hausstand aus. Alles, was nicht angeschraubt war, wurde euphorisch herangezerrt und dem Komiker als Geschenk präsentiert. Der vergrub sein Gesicht im Nackenfell des Tieres und seufzte glücklich: »Hoboken ist ganz sicher der einzige Hund auf der Welt, der gut riecht.« Das stimmt! Weil ich ihn ordentlich und regelmäßig pflege! Und wer räumt jetzt auf?

Vor Anschaffung des Hundes war ich daran gewöhnt, dass der Komiker mich ausführlich, unter Verwendung seiner knutschologischen Fachkenntnisse, begrüßte. Jetzt, wenn ich endlich an der Reihe war, drängelte Hoboken sich zwischen uns und ich wurde oft nur mit einem flüchtig angedeuteten Küsschen auf die Wange bedacht. Dem Komiker fiel dazu nichts Besseres ein als: »Du wolltest den Hund, was soll ich machen?« und tätschelte Hobokens Kopf.

Ein neues Detail unserer Dreiecksbeziehung wurde sichtbar, als ich zum Abendessen Fisch zubereitete. Ich dachte, ich probiere mal was Neues auf dem Kontaktgrill aus. Daraufhin teilte der Spaßmacher mir mit: »Wir mögen keinen Fisch.« Na, ist ja interessant. Jetzt traten sie also nur noch als Gruppe auf.

So wie Paula und Gerald, ein Paar aus unserem Bekanntenkreis. Die gab's seit ihrer Hochzeit auch nur noch am Stück. Man sagt ja, die passen zusammen wie Jacke und Hose. Die beiden waren jedoch mehr aus der Kategorie Einteiler. Ein menschlicher Overall. Eine Meinung, eine Geschmacksrichtung und eine Stimme. Die eine sprach, der andere nickte. Und umgekehrt.

»Wir werden zu einer sehr intensiven Paartherapie gehen, sollten wir jemals so auftreten«, hatte der Komiker noch vor nicht allzu langer Zeit zu mir gesagt.

Im Bett lag Hoboken zwischen uns. Anfangs noch »… weil er doch noch so klein ist und sich im Dunkeln fürchtet … Mimimi.« Natürlich verstand der Hund nicht, warum er dieses Privileg aufgeben sollte, nur weil er sich zu einem bemerkenswerten, fünfzig Kilogramm schweren Rüden entwickelt hatte. Der Komiker hatte dazu nichts weiter zu sagen als: »Das ist sein Stammplatz. Was soll ich machen?«

Ich wies auf des Komikers Regelwerk hin, als mein Hund ihm wie Tapetenkleister am Bein pappte und auch an seinen umfangreichen WC-Sitzungen teilnahm. Außerdem setzte er dem Tier im Winter eine Mütze auf, weil er Bedenken hatte, das Hobokens Ohren einfrieren, wie Eiszapfen abbrechen und am Boden in tausend Stücke zerbersten könnten. Bei meinem Verweis auf seine Richtlinien im Umgang mit meinem Hund täuschte der Komiker Erinnerungslücken vor und kaufte ein Autohundebett.

Damit Hoboken es unterwegs kuschelig, warm und bequem hat. Wäre schön, wenn er mir in diesem Zusammenhang endlich mal zeigen würde, wie ich die Sitzheizung im Auto richtig einstellen kann.

Ich bat Emre, unseren Dorffriseur, der selbst Pepe, die Töle, besitzt, um Rat. »Der Hund sucht sich seinen Menschen aus. Da kannst du nichts machen.« Na toll. Wer trägt denn regelmäßig die handballgroßen Kackhaufen nach Hause? Zählt das denn gar nicht?

An einem heißen Sommertag kam ich von der Arbeit nach Hause und sah den Komiker durch die geöffnete Terrassentür mit einem Strauß Bockwürstchen in der rechten und einem Tennisball-Blaster in der linken Hand in Hobokens Planschbecken sitzen.

Gerade als ich ein fröhliches Hallo in die Runde werfen wollte, hörte ich den Komiker befehlen: »Geh und hol eine kalte Cola für Papa«, woraufhin Hoboken losgaloppierte als gäbe es kein Morgen. Der Hund, für den ich unzählige Diskussionen geführt, den ich mir gewünscht und für den ich gekämpft hatte, ignorierte mich. Kein Gejaule, kein Geheule, keine wedelnde Rute. Es gab schlicht gar keine Begrüßung. Hoboken rannte voll konzentriert und wie ferngesteuert an mir vorbei in die Küche. Mit der Dose im Maul kam er zurück und stellte sie vor seinem Helden ab.

Mich traf die schmerzliche Erkenntnis, dass ich offenbar überhaupt nicht wusste, was im Leben meines Hundes los war. Er konnte den Kühlschrank öffnen und schließen und hatte großen Spaß daran, für den von ihm auserwählten Lieblingsmenschen den Kellner zu spielen. Und das, obwohl das Fach ›Apportieren‹ in der Hundeschule noch gar nicht auf dem Stundenplan gestanden hatte!

Der Komiker belohnte Hoboken mit einer Knackwurst und animierte ihn zu weiterem Blödsinn. Der Hund buddelte ein Loch mitten in die Rasenfläche und wurde dabei auch noch angefeuert: »Wo sind die Monster, ja, wo sind sie denn, Hobo?«

Nachdem Hoboken in Nullkommanichts auf Grundwasser gestoßen war und ich bereits überschlagen hatte, wie viel die Schadensregulierung kosten würde, konnte ich beobachten, wie der Komiker sich selbst und dem Hund einen schwarzen Hut und eine Sonnenbrille aufsetzte und hörte ihn sagen: »Die werden uns nicht kriegen, wir sind im Auftrag des Herrn unterwegs.[1]«

1 Blues Brothers, USA 1980, Universal (Regie John Landis, Buch Dan Aykroyd, John Landis). Zitat von Dan Aykroyd in seiner Rolle als Elwood Blues. In: Kordt, Peter: Ich seh dir in die Augen, Kleines. S.87

Die Sache mit den Filmzitaten hatte der Komiker bisher immer nur gemacht, um mich zum Lachen zu bringen! Der Hund verstand den Witz an der Sache doch gar nicht! Er schob Hoboken noch einen Knacker zu, bediente sich selbst ebenfalls reichlich und rief dann mit vollem Wurstmund und der betriebsbereiten Ballpistole im Anschlag »Hier noch ein Hinweis: Die Anwendung unnötiger Gewalt bei der Festnahme der besagten Blues Brothers ist genehmigt worden![1]« und ballerte den Tennisball geradewegs in unser Gemüsebeet. Ich hatte den miserablen Zustand meiner Aussaaten beim Komiker schon angesprochen. Der hatte seinerzeit auf meine Spekulationen darüber, ob wir vielleicht eine Wühlmaus von der Größe einer Boing 747 im Garten hätten, nur mit einem Schulterzucken reagiert. Hoboken fegte wie ein Hurrikan durch meine Karotten, brachte dem Komiker den Ball zurück und warf sich auf den Rücken, um sich den Bauch kraulen zu lassen. Ich ergänzte zähneknirschend den Kostenvoranschlag zur Wiederherstellung unserer Gartenlandschaft in der Rubrik Nutzpflanzen und versuchte zu signalisieren, dass ich

---

1 Blues Brothers, USA 1980, Universal (Regie John Landis, Buch Dan Aykroyd, John Landis). Zitat von Ralph Foody in seiner Rolle als Police Dispatcher. In: Kordt, Peter: Ich seh dir in die Augen, Kleines. S. 87

bereit für eine Begrüßung wäre. Das erwies sich als sinnlos. Der Komiker und mein Hund waren zu beschäftigt damit, vollkommen ohne meine Beteiligung, Spaß zu haben. Zur Krönung aller Unverschämtheiten spielte mein Freund meinem Hund, nach Zerstörung unserer Außenanlagen, auch noch das Lied: »I love my dog« von Cat Stevens auf der Gitarre vor.

DAS IST MOBBING!

Die Sache war eindeutig. Zu diesem Zeitpunkt musste ich der Wahrheit ins Auge sehen. Es war offensichtlich. Ich hatte gerade die Liebe meines Lebens in flagranti erwischt. Mein Hund hatte eine Affäre. Es war Zeit für ein paar Regeln:

»Erstens: Der Komiker kommt nicht ins Bett und nicht auf die Couch.

Zweitens: Der Komiker muss im Auto angeschnallt hinten sitzen.

Drittens: Der Komiker schleckt mir nicht durchs Gesicht.

Viertens: Der Komiker schnüffelt weder an den eigenen noch an fremden Geschlechtsteilen.

Fünftens: Kein Knurren, kein Betteln, kein Sabbern.

Sechstens: Der Komiker haart nicht.

Siebtens: Der Komiker ist nicht dämlich.

Achtens: Der Komiker bleibt dem Badezimmer fern, wenn ich mich dort aufhalte.

Neuntens: Der Komiker zieht keine bescheuerten Klamotten an.

Zehntens: Der Komiker ist keine Boden-Bifi.

Und elftens: Der Komiker pumpt sich nicht am Bein hoch.«

Pandemie

Während der Corona-Pandemie war mir ständig nach Klammerblues.

Ich bin dem menschlichen Körperkontakt mit Unbekannten gegenüber verschlossen und tanzen kann ich nur mittelmäßig. Aber der amtlich vorgeschriebene Abstand rief bei mir den ständigen Drang hervor, fremde Menschen in den Arm nehmen zu wollen. Man will ja oft gerade das, was man nicht bekommen kann. Mein Bedürfnis nach Körpernähe sprach sich bei uns auf dem Land schnell herum. Einmal musste ich mir ein Taxi rufen. Ich stieg auf die Rückbank und gab mein Ziel bekannt. Der Fahrer drehte sich zu mir um und stellte unmissverständlich klar: »Ich fahre Sie gerne zum Amtsgericht. Aber das mit uns, das wird nichts!«

Meine Chancen in der örtlichen Transportbranche standen offenbar nicht zum Besten. Ist ja mal gut zu wissen. Ich hatte angenommen, dass ich insbesondere bei Lokführern ganz weit vorne liege.

Und das war nicht alles. Die Pandemie offenbarte weitere harte Realitäten.

Der Komiker ist in der Regel viel unterwegs. Aber dann konnte er sein Programm nicht auf die Bühne bringen und war ungewöhnlich häufig zu Hause. Wir haben unsere gemeinsame Zeit sinnvoll genutzt, aber dem menschlichen Organismus sind konditionell Grenzen gesetzt und letztendlich kann man sich ja nicht ausschließlich monothematisch beschäftigen. Also haben wir außerdem ohne Sinn und Verstand gegessen und Netflix geguckt bis die Augen sich in formschöne Rechtecke verwandelt hatten. Normalerweise ist es nicht leicht, Karriere und ›Breaking Bad‹ unter einen Hut zu bekommen. Während der Pandemie war das jedoch überhaupt kein Problem.

Zwischendurch konnte der Komiker ein paar Termine wahrnehmen. Dann hat er mich aus Hotels angerufen, in denen er der einzige Gast war, und hat sich wie Jack Nicholson in »The Shining« am Telefon gemeldet: »Hieeeer ist Jackie![1]«

Wenn der Witzbold unterwegs war, hatte ich Zeit, mir »DAS DOKUMENT« vorzunehmen. Eine Liste,

---

1 The Shining, UK 1980, Hawk, Peregrine, PCC, Warner (Regie Stanley Kubrick, Diane Johnson, nach dem Roman von Stephen King. Zitat von Jack Nicholson in der Rolle als Jack Torrance. In: Kordt, Peter: Ich seh dir in die Augen, Kleines. S. 672

die so alt war, dass ihre Entstehung vermutlich mit einem Mammutzahn und dem Stück Haut einer Säbelzahnkatze zu tun hatte. Da waren Aufgaben notiert, die mindestens seit der Eiszeit zu erledigen waren: Gartenzaun erneuern, Keller ausmisten, Fahrrad reparieren, Kleiderschrank umsortieren, Garage streichen und so weiter. Endlich konnte ich mich darum kümmern. Ich war voller Elan.

Danach wollten auch die weniger wichtigen Dinge erledigt werden: Gartentrampolin kaputtspringen, schminken üben, falschen Schnurrbart ankleben, laut schreien und abwechselnd Kartoffelchips und Pralinen essen.

Ich war beschäftigt. Ich hatte zu tun. Aber dann irgendwann war alles getan.

Also war es an der Zeit, ein guter Mensch zu sein. Frau Heringsblau, eine 84-jährige alleinstehende Dame aus der Nachbarschaft, wollte ich ab sofort umsorgen und mit Nächstenliebe überschütten. Wenig später stellte sich allerdings heraus, dass ich nicht die einzige war, die sich anlässlich der Pandemie von ihrer besten Seite zeigen wollte.

Und so trug es sich zu, dass Frau Heringsblau von der kompletten Nachbarschaft mit Lebensmitteln, Angeboten zu Ärztefahrten und allerlei anderen Dienstleistungen zugeschüttet wurde. Wir alle wollten nicht nur gute, sondern die besten

Menschen von allen sein. Es kam vor, dass sich gute Samariter regelrechte Wettläufe zum Haus der alten Dame lieferten, um sich vor ihrer Tür – unter größtmöglicher Einhaltung der Abstandsregeln – um die nächste Fahrt zur Apotheke zu prügeln. Schließlich wollte jeder von uns später sagen können, dass er es war, dem Frau Heringsblau ihr Leben zu verdanken hatte. Auch wenn das hieß, die Konkurrenz krankenhausreif zu schlagen.

Nachdem sämtliche Gutmenschen der Umgebung so lange den Rasen im heringsblauschem Vorgarten gemäht hatten, bis er nicht mehr zu erkennen war, schlug die Hausherrin schließlich – wie Luther seine Thesen – eine Nachricht an die Eingangstür, in der sie dem nächsten zänkischen Helfer mit dem »Tod durch Nudelholz« drohte. Das fanden wir ein bisschen übertrieben. Was stellt die sich denn so an? Wir wollten doch nur unseren Lebenslauf mit dem Bundesverdienstkreuz aufpeppen. Und dann nimmt die uns so die Luft aus der Pumpe. Unverschämtheit.

Im Homeoffice warteten inzwischen auch ein paar Sachen auf ihre Bearbeitung. Fristen liefen. Trotzdem fand ich immer wieder andere Ausreden, um mich nicht an den Schreibtisch, sondern auf den Komiker zu setzen. Anfangs war ich über alles, was zur Erledigung anstand, glücklich. Dass ich mich um

Arbeit herumdrückte, kannte ich bisher nicht. Aber den Komiker ständig um mich zu haben, kannte ich auch nicht. Es war verwirrend. Erst war ich daran gewöhnt, dass er nicht da war. Dann wurde es für mich normal, dass er nicht weg war. Und schließlich fehlte mir mein Komiker, wenn er unterwegs war. Mit diesem Hin und Her musste Schluss sein. Ich konnte nicht arbeiten. Es musste was passieren.

Also habe ich ein Apartment in einer kleinen Pension angemietet. Vollkommen kontaktlos. Nur drei Kilometer entfernt. Hier wollte ich in Ruhe arbeiten. Ganz konzentriert, ohne Ablenkung. Kein Sex, keine Pralinen, kein Fernsehen. Eine kleine Terrasse, mein Klapprechner und Pfefferminztee. Nur das Nötigste. Fantastisch. Nach der ersten Inspektion der neuen Bleibe musste ich erst mal was zu essen bestellen. Mein Gehirn befand sich in der Umstellung von »Essen aus Langeweile« auf »Tatsächlich Hunger«. Das brauchte angemessen Zeit. In der Zwischenzeit ließ ich den Lieferdienst zwei bis drei Mal am Tag anrollen.

Nach dem Essen wurde ich aus heiterem Himmel panisch. Hatte ich den Virus? War ich infiziert? Ich war doch vorsichtig gewesen. Musste ich zum Arzt? Ich war negativ getestet. Ich hatte die Maske getragen und die Hände desinfiziert. Zwischen dem Taxifahrer und mir war eine Scheibe gewesen. Hatte der mich durch das Plexiglas angesteckt? Ich glaube, ich habe Atemnot.

Nachdem ich mich halbwegs beruhigt hatte und es dunkel geworden war, fuhr ich heimlich an unserem Haus vorbei, um nachzusehen, ob beim Komiker noch Licht brennt. Nicht, dass der noch ohne mich Witze macht!

Danach habe ich bei meiner Nachbarin Ruth geklingelt, bin zum Gartenzaun zurückgerannt, habe sie durch die Kamera meines Handys beobachtet und dann brüllend nachgefragt, ob sie auch nicht schlafen kann. Um halb vier morgens. Ruths Entgegnung: »Was ist los? Brennt dein Aquarium?« kam mir noch nicht mal merkwürdig vor, obwohl ich gar kein Aquarium habe. Zurück in der Pension habe ich nochmal einen Test gemacht. Negativ. Am nächsten Tag fing die Telefoniererei an.

Meine Nachbarin Eva hatte gerade erst Zwillinge bekommen und einen älteren Sohn, der, wie alle anderen Kinder auch, die Schule nicht besuchen konnte. Ihr Mann hing noch dazu seit Wochen im Ausland fest. Wir hatten versucht, sie so gut wie möglich zu unterstützen, aber die dringend erforderliche Kinderbetreuung, damit Eva ein paar Stunden durchgehend schlafen konnte, war nicht möglich.

Als ich sie anrief, erzählte sie mir, dass sie aus Frust das Elternforum ihres Sohnes bekloppt machte. »Ich frage in der WhatsApp-Gruppe nach, ob ihre Kinder vom Wodka auch – anstatt zwölf Stunden am Stück zu schlafen – ständig Durchfall bekommen. Und dann gucke ich dabei zu, wie die Helikoptereltern in den Grand Canyon stürzen.« Interessantes Konzept gegen Schlafmangel.

Danach wollte ich mal wissen, was Dagmar so treibt. Die hat keinen Hehl daraus gemacht, dass sie sich mit Klosettpapier den Keller tapeziert hat. Ich hatte erwartet, dass sie so was sagt wie: »Sind die Leute denn alle total verrückt geworden? Was soll denn das Geraffe?« Stattdessen legte sie mir in allen Einzelheiten ihren Feldzug zur Stürmung der bundesdeutschen Klopapierreserven dar. Die Verwandtschaft nahm strategisch Aufstellung. Detaillierte Einsatzpläne wurden ausgearbeitet. Dagmar zog in den Zellstoffkrieg. Jeder verfügbare Mann wurde zur Tarnung kostümiert und hinter wechselnden Gesichtsmasken versteckt. So uniformiert, schwärmte das Bataillon sternförmig in die Supermärkte der Umgebung aus. Mit der Division »Nachbardorf« wurde gezielt auch hinter den Ortsgrenzen gewildert. Irgendwann waren die Supermärkte blank. Die Regale leergefegt. Operation »Raubzug der Killerhausfrau« war beendet. Neues Angriffsziel: Küchenrollen. Kompanie Kombüse: »Präsentiert den Jutesack!« In Formation vorrücken!

Ich stellte mir vor, wie Dagmar die letzte Rolle Klopapier im Jahre 2053 auf den Halter hängt. Dann ist ihr Sohn in Rente, Dagmar selbst trägt Windeln für Erwachsene und die letzte Rolle ist zu Stein geworden.

Mit steinhartem Klopapier kenne ich mich aus. Ich kaufe Umweltpapier. Das graue Brett, das wahrscheinlich schon das eine oder andere Hinterteil gesehen hat, und dann der Wiederverwertung zugeführt wurde. Das merkt man dem Papier an. Und meinem Hinterteil wahrscheinlich auch. Trotzdem fühle ich mich damit besser. Ich brauche das Gefühl, kein Umweltschwein zu sein. Wenn ich wieder mal meinen Thermobecher zuhause vergessen habe und mir stattdessen Kaffee im Einwegbecher an der Tankstelle nicht verkneifen konnte, zwinge ich mich dazu, als Ausgleich über die sofortige Abschaffung meines Autos, das ich kurz zuvor noch vollgetankt habe, nachzudenken.

Nachdem Oberfeldwebel Dagmar ihre Schlachten geschlagen hatte, war mein »Gutes-Gefühl-Papier« allerdings vergriffen und ich musste in zwanzig Kilometer Entfernung für den Wert eines Flugzeugträgers weiches Papier aus der Luxuskategorie kaufen. Ich muss zugeben, dass sich das samtige Papier an den Popo schmiegte, wie die französische Sprache an ihren Hundehaufen: »caca de chien«.

Erst nach wochenlanger Verwendung der weichen Rollen bekam ich endlich wieder mein Stammpapier.

Dem Komiker gefiel das gar nicht. Sein beleidigter Blick traf erst mich und dann die harte Realität: »So wenig schätzt du mich also, so wenig bin ich dir wert …« Jetzt hatte ich den Salat. In Zeiten der Krise hatte ich ihn angefüttert und jetzt wurde ich die Dämonen nicht mehr los. Ein beträchtliches Problem, bedenkt man, wie viel Lebenszeit der Komiker auf dem stillen Örtchen verbringt. Der könnte die Umweltproblematik im Alleingang lösen, indem er einfach einen neuen Planeten ins Universum kackt. Soll er mal machen, dann müsste ich nicht mehr ständig so tun, als würde ich ernsthaft über die Abschaffung meines Autos nachdenken.

Nach ein paar Tagen im Exil habe ich meine Arbeit dann doch noch erledigt und bin wieder zu Hause eingezogen. Der Komiker hat sich gefreut. Kein Wunder. Als Mitbringsel hatte ich ein paar Rollen vom »Papier Confortable« für ihn dabei.

Kaum wieder daheim, tat sich für mich allerdings ein ganz anderes Problem auf.

Es ist mir ein bisschen peinlich und ich möchte nicht, dass es jemand weiß. Aber ich muss gestehen, dass ich gerne Hausarbeiten erledige. Weil am Ende ein konkretes, klares Ergebnis vorliegt. Und das macht mich glücklich. Zu sehen, dass eine Sache blitz und blank gewienert und die Aufgabe vollständig er-

füllt und beendet wurde, gibt mir das befriedigende
Gefühl, etwas geschafft zu haben. Beruflich arbeite
ich oft an Sachverhalten, die sich wie Kaugummi
hinziehen. Dagegen ist ein frisch geputzter Toiletten-
deckel ein schneller Triumph. Ich bin geradezu verliebt in das Geräusch, wenn es beim Staubsaugen so
richtig schön knackt und raschelt und ich weiß: Es
hat sich gelohnt.

Der Komiker darf aber nicht merken, dass ich
dabei Spaß habe. Beim Kochen hat er mich schon
mal erwischt. Ich habe vor der Glasscheibe des Back-
ofens gesessen und den Muffins beim Aufgehen zu-
gesehen. Das darf mir bei weiteren Tätigkeiten im
Haushalt nicht passieren. Er muss glauben, dass ich
Opfer bringe. Soviel hatte ich gelernt. Es ist in der
Beziehungsarbeit strategisch wichtig, immer besser
auf der »Habe ich keinen-Bock-drauf-Seite« bestückt
zu sein. Ansonsten tanzt einem der Kerl am Verhandlungstisch auf der Nase herum.

Allerdings kommt mir manchmal der Verdacht, dass
der Komiker meine Strategie durchschaut hat. Es
wäre möglich, dass er das Haus verlässt, nur um mir
Raum zum Erreichen meiner konkreten, klaren Ergebnisse bei der Hausarbeit zu geben. Das erste Mal
überlegt, ob er den Spieß umgedreht hat, habe ich,
als irgendwann ein Interview anstand. Das hätte er

eigentlich ohne Probleme zu Hause erledigen können. Hat er aber nicht. Er wolle mich anrufen, sobald er auf dem Rückweg sei.

Nach ein paar Stunden ausgedehnter, befriedigender Reinigungsarbeiten schickte ich ihm folgende Sprachnachricht: »Hallo, ich bin's. Heute war ein verbummelter Tag, an dem ich mich gezwungen habe, Kochwäsche zu machen, und ansonsten ausreichend Gelegenheit hatte, auf deinen Anruf zu warten. Ich hatte auf sonst nichts Lust, deshalb habe ich einfach mal versucht, das Telefon durch bloßes Anschauen zum Klingeln zu bewegen. Ohne Erfolg. Danach habe ich im Abstand von fünf Sekunden auf dem Display rumgedrückt, um zu kontrollieren, ob du vielleicht schon dran bist oder ob der Satellit kaputt ist. Auch nix. Völlig unbeeindruckt hat das Gerät dann meine Schüttelattacken über sich ergehen lassen. Wieder nix. Nachdem auch Anrufe bei der Geschäftsleitung der Telekom und der Telefonseelsorge ergebnislos beendet wurden, habe ich schon mal ausgerechnet, wie viele Nanosekunden ich bereits auf deinen Anruf warte. Nur so … kann ich ja vielleicht mal gebrauchen. Danach habe ich einen Telefondialog zwischen uns als Hörspiel geprobt, wobei ich deine Stimme imitiert und zum Schluss den Stimmungskracher: »Kein Schwein ruft mich an« auf Englisch intonierte: »No pig rufs me on …«. Zuletzt wollte ich dich anrufen und dich bitten, mich doch endlich anzurufen, aber das habe ich dann doch gelassen. Man hat ja schließlich auch ein bisschen Stolz und Würde! Dann werde ich mich jetzt mal aufraffen und das Abendessen vorbereiten. Habe ich zwar überhaupt keine Lust zu, aber wir müssen ja schließlich irgendwas essen.«

Normalerweise reagiert er auf meine Sprachnachrichten nicht und verflucht das digitale Zeitalter. Diesmal rief er zurück: »Ich habe gedacht, ich bringe uns was vom Griechen mit. Dann kannst du das mit dem Kochen lassen und wir können uns ganz gemütlich einen Film ansehen. Wie sieht's aus, Grillplatte Olympia für zwei?«

Er weiß es, oder?

Das Unaussprechliche

Es gibt da ein Wort, das ich nicht aussprechen kann. Geht nicht. Krieg ich nicht über die Lippen. Kommt nicht raus. Bleibt mir im Hals stecken. Ich will es noch nicht einmal aufschreiben. Meine Freundin Helen findet das unmöglich. Fast unglaublich.

Helen: »Das kann ich mir nicht vorstellen. Dass du das nicht sagen kannst. Man muss doch alles sagen können. Jetzt sag's halt einfach.«

Ich: »Geht nicht. Ist 'ne natürliche Maulsperre. So 'nen Erziehungsding. Ich schaff's einfach nicht.«

Helen: »Gibt's doch nicht.«

Ich: »Doch. Aber es ist jetzt nicht so, dass ich drunter leide. Ich kann's nur nicht sagen.«

Helen: »Willst du nicht oder kannst du nicht?«

Ich: »Ich lass mich ungern einschränken. Zumindest würde ich es gerne sagen können. Ich muss es ja dann nicht wirklich aussprechen. Aber die Möglichkeit hätte ich schon gerne.«

Helen: »Okay, dann bring ich's dir bei. Konzentrier dich! Wir nähern uns langsam an.

Sprich mir nach: STRICKEN.«

Werkseinstellung

Ich bin schlecht gelaunt. Einfach bloß schlecht gelaunt. Schon allein, weil der Komiker mich fragt, was mit mir los ist.

Komiker: »Was ist los mit dir?«

Ich: »Was soll schon los sein.«

Komiker: »Du bist quengelig.«

Ich: »Quengelig? Ich bin bei Stufe 3!«

Komiker: »Was soll das denn sein?«

Ich: »Steht in meiner Betriebsanleitung.«

Komiker: »Es gibt eine Betriebsanleitung für dich?«

Ich: »'Türlich. Die gibts für jede Frau.«

Komiker: »Das hätte ich gerne früher gewusst. Heißt das, ich kann Ersatzteile bestellen?«

Ich: »Ganz dünnes Eis.«

Komiker: »Komm zu mir auf die Couch. Wir knuddeln ein bisschen.« Er klopft mit der flachen Hand auf das Sitzkissen.

Ich: »Umpf, groll, pffff …«

Komiker: »Komm her, Grummelfee.« Er winkt mit der Hand.

Ich: »Umpf, doppelgroll, pffff …«

Komiker: »Was kann ich denn machen, um deine Stimmung zu heben?«

Ich: »Tee kochen, Wärmflasche, Kuscheldecke.«

Komiker: »Okay, mach ich. Und das ist alles?«

Ich: »Nein! Du musst mir den Nacken massieren und mich mit Pralinen füttern. Danach verkleidest du dich als sexy Krankenschwester, wir gehen nach der Dämmerung in den Park, ich verstecke mich und zähle die Polizisten, die dich festnehmen wollen.«

Komiker: »Jetzt übertreibst du ein bisschen. Was steht denn unter der Rubrik Fehlfunktionen in deiner Bedienungsanleitung?«

Ich: »Das ist keine Fehlfunktion. Bei mir ist ein selbstlernender Algorithmus installiert. Da werden regelmäßig Erfahrungswerte eingespeist.«

Er überlegt und streicht sich mit der Hand den Bart am Kinn. »Hm, mal sehen. Umtauschen kann ich dich nicht mehr. Deine Garantie ist abgelaufen. Neuanschaffung ist auch ausgeschlossen. So etwas wie du wird garantiert nicht mehr hergestellt. Da müsste ich dann wohl auf ein jüngeres Modell umsteigen …«

Er wartet noch kurz ab, ob ich implodiere und nimmt dann sein Telefon vom Tisch.

Ich: »Wen rufst du an?«

Komiker: »Das Wartungspersonal. Für deine Instandsetzung.«

Ich: »Wer soll das sein?«

Komiker: »Deine beste Freundin Helen. Die weiß, wo der Knopf ist.«

Ich: »Welcher Knopf?«

Komiker: »Den man drücken muss, um dich auf Werkseinstellung zurückzusetzen.«

Ich: »Helen hat Besuch. Ihr Bruder aus Liverpool mit dem neuen Baby.«

Komiker: »Dann musst du dich wohl mit mir, dem Aushilfstechniker, begnügen. Und ich mich mit einer patzigen Zicke.«

Ich: »Ich kann nichts dafür. Ist das prämenstruelle Syndrom.«

Komiker: »Klar. Und ich hab prähistorisches Sackhüpfen.«

Ich muss ein bisschen schmunzeln. »Weißt du nicht, wovon ich spreche?«

Komiker: »Hältst du mich für doof? Das müsste eigentlich unter Punkt eins in deiner Betriebsanleitung stehen: Missmut. Um zu verstehen, warum das Gerät versucht, Sie ohne jeden Grund zu ignorieren, wütet und schmollt oder einen erwachsenen Mann zwingen will, einen weißen Lack-Minirock und ein Stethoskop als Gürtel zu tragen, müssen Sie die Codes des rotblinkenden Amok-Melders auslesen, die da lauten:

Es ist wieder Erdbeerwoche,
in spätestens drei Tagen erscheint der rote Korsar,
Tante Rosarot aus Unterleibzig kommt zu Besuch,

die Rote Armee angeführt vom roten Baron reitet
in Kürze auf dem Zellstoffkamel durchs Dorf,
der rote Ferrari fährt in die Tiefgarage.
Um den Zyklus zu durchbrechen, drücken Sie auf den
»Scherz- und Schotenknopf« aus dem Hause Mutterwitz
und direkt im Anschluss auf die Feststelltaste.«
Ich muss lachen. Warum schafft der Blödmann
das immer wieder?
Komiker: »Das Gerät hat einen Wackelkontakt.«
Ich: »Das Gerät will jetzt doch knuddeln.«
Komiker: »System wurde vollständig resettet. Sie
haben Ihr Ziel erreicht.«
Ich knuddele mich an ihn. »Ich lieb dich, Blödmann.«
Komiker: »Wegfahrsperre aktiviert.«

Chillen, Denken, Sex

Es gibt da so eine Sache, die heißt CHILLEN. Das ist sowas wie nichts machen. Aber ohne Langeweile. Ich interessiere mich dafür. Bisher weiß ich nicht, ob Chillen in der Standardversion was mit Alkohol zu tun hat. Das muss ich noch genauer recherchieren. Ich möchte heute das erste Mal einen Praxistest durchführen. Für den Anfang ohne Spirituosen. Ich muss darauf achten, dass ich nicht versehentlich etwas tue. Ist gar nicht so einfach. Und los geht's.

So, ja nun. Tja. Hm, hm. Hoppelgaloppel, bummelgrummel.

Versuchsabbruch.

Es könnte helfen, über etwas nachzudenken. Ich fang nochmal an.

Was riecht hier eigentlich so komisch?

Klopapier ist auch fast leer.

Müsste die Decke nicht mal gestrichen werden?

Ich zähle mal nach: Zwei Arme, zwei Beine, zwei Hände, zwei Füße … kommt alles paarweise vor …

Man hört so viel von Bananenbrot in letzter Zeit …

Ich gucke mir jetzt mal ganz genau an, wie die Energiesparlampe hell wird.

Versuchsabbruch.

Das Oberstübchen neu einzurichten kann nicht schaden. Und über Dinge zu sinnieren, ist für die Umsetzung des Chill-Verfahrens eine gute Versuchsanordnung.

Erste Forschungserkenntnis: Denken ist gut.

Aber bevor ich mich dem intensiven Gedankenspiel überlasse, bohre ich in der Nase, kratz mich am Hintern, gucke ein Loch in die Luft, gähne und starre an die Wand. Der guten alten Zeiten wegen. So kenn' ich es von der klassischen Langeweile. Jetzt seufze ich noch einmal ganz ausführlich, und dann will ich unter Verwendung der »Denktätigkeit« mal weiter chillen.

Versuch Nummer drei.

Ich könnte nach dem Chillen versuchen herauszufinden, von was Herbert Grönemeyer eigentlich singt. Wird ja auch langsam Zeit. Der bringt seit Jahrzehnten diese Platten raus. Die ich natürlich kaufe. Der Herbert ist ja einer von uns. Aus dem Westen. Aus dem Ruhrgebiet. Aber es wäre jetzt auch mal endlich an der Zeit zu wissen, worum es bei unserem Herbert überhaupt geht.

Okay, gut. Woran denke ich jetzt? Mache ich mal mit meinem Kalender weiter.

Morgen habe ich einen Termin bei meinem Fußpfleger. Der ist sehr nett. Generell halte ich Fußpfleger für gute Menschen. Ich habe zumindest noch nie gehört, dass einer von denen ein Flugzeug entführt hat oder mit einer Bombe durch die Londoner U-Bahn gelaufen ist. »Der 29-jährige Fußpfleger drohte am gestrigen Abend mit dem Hornhauthobel im Anschlag kurzen Prozess zu machen mit seiner Geisel, die eigentlich nur zum Nägel schneiden vorbeikommen wollte …« Fußpfleger tun das nicht. Sie pflegen Füße. Sie hobeln, raspeln und kneten, bis die Füße wieder aussehen, als ob sie aus Marzipan wären. Sind nette Leute. Hm, war ja jetzt nicht so ergiebig, der Gedankengang zur podologischen Berufsgruppe.

Nächstes Thema. Wer hat eigentlich den Zahnstocher erfunden? Wenn da noch keiner ein Patent angemeldet hat, mache ich das in der nächsten Woche. Ich male ein Stäbchen mit zwei spitzen Enden auf ein Blatt Papier und gehe zum Patentamt. Und dann werde ich reich. Unermesslich reich.

Hat sich schon mal jemand darüber gewundert, warum es den Begriff »Powerfrau« gibt, aber keinen »Powermann?« Wie muss man das jetzt eigentlich gendern, damit alles mit drin ist. PowerInnen? Muss ich mal herausfinden. Wenn ich Zeit habe.

Was noch? Der Rasen. Wo kommt der überhaupt her? Einzelne Halme kenne ich. Die sind gottgegebene Natur. Aber wer ist eigentlich auf die Idee gekommen, daraus eine Fläche zu machen? Eine Grünfläche, für die Leute Unmengen an Kohle verplempern, damit sie sie beherrschen können. Mit Geräten, für die sie ein Vermögen ausgeben. Eigentlich ein Superkonzept. Wir erfinden etwas und verkaufen dann das, was gebraucht wird, um das, was zuerst gekauft wurde, zu behalten oder zu erhalten. Moment mal, kenn' ich das nicht schon von anderswo?

Dann male ich morgen mal ein paar dichtgedrängte Halme auf ein Blatt Papier und geh zum Patentamt. Und dann treibe ich meine Gebühren ein. Gärten, Parkanlagen, Fußballstadien, Golfplätze. Weltweit. Ich könnte mir einen Geldspeicher wie den von Dagobert Duck bauen lassen. Ich würde schon gerne was erfinden. So eine tolle Idee haben. Etwas ganz Simples. Auf das noch niemand gekommen ist. Wie den Klettverschluss. Aber irgendwie komme ich nicht drauf.

Gibt es eigentlich einen Akku-Hammer? Akku-Schrauber gibt es schließlich auch.

Dumdidum.

Liegen wohl schon Daten darüber vor, ob beim Chillen mal jemand den Verstand verloren hat? Vor der nächsten Versuchsreihe sollte ich nach Schlagzeilen im Internet suchen. Sowas wie:

»Bekloppt durch Murmelbrand, jetzt Gehirn im Ruhestand.«

»Synapsen verglüht, jetzt schlichtes Gemüt!«

»Birne detoniert. Zuviel gedacht, jetzt Schicht im Schacht!«

»Total verrückt, jetzt Grab geschmückt!«

Ein bisschen unwohl ist mir schon. Ich würde lieber etwas machen.

Versuchsabbruch.

Die Beschaffenheit meiner Gedanken macht mir langsam Sorgen. Ist 'ne Menge dummes Zeug los im Denkgehäuse. Vielleicht fehlt mir einfach die Übung. Ich habe mir sagen lassen, dass der Chill-Effekt in ganz besonderem Maße entsteht, wenn man sich vorstellt, etwas Anstrengendes zu tun. Irgendetwas Schweißtreibendes, wie zum Beispiel Sport oder Sex.

Versuch Nummer vier.

Jetzt denke ich an Sex. Und der Komiker ist bei seinen Eltern in Wuppertal. Was für eine Scheiße! Wie lange braucht er denn da für die Rückfahrt? Ich muss ruhig bleiben. Ganz entspannt. Sport. Kniebeugen,

Liegestütze, Schwebebalken, Stufenbarren, Ausfallschritt, Klappmesser, Bockspringen. Über Sport nachzudenken kann auch ganz schön sexy sein. Was war das denn gerade? Denke ich etwa über einen Pornofilm im Bodenturn-Milieu nach? Gott im Himmel, ich war auf einer katholischen Nonnenschule! Ich kann ja noch nicht mal aus 'ner Flasche trinken.

Purzelbaum, Grätsche, Flickflack, Handstand, Spagat. Jetzt kann ich nicht mehr aufhören.

Bevor es völlig außer Kontrolle gerät: Versuchsabbruch.

Das war's für mich. Chillen ist mir zu anstrengend. Keine Versuche mehr. Chillen ist erledigt. Abgehakt. Gestrichen.

Und so weit ist Wuppertal ja jetzt auch nicht weg.

Wo ist der Autoschlüssel?

Liebe bis zum Erbrechen

Die Qualität einer Beziehung offenbart sich, wenn man krank wird. Insbesondere, wenn es sich um so etwas Unerfreuliches wie eine Magen-Darm-Infektion handelt.

Bei mir kam's noch schlimmer. Zuerst hatte sich mein Verdauungsapparat verabschiedet und dann kam ein eingeklemmter Nerv im Rücken dazu. Ich musste ständig zur Toilette spurten. Während mir hintenrum unkontrolliert der Kackstift ging, übergab ich mich parallel dazu in den Eimer auf meinen Knien. Wenn's nach mir gegangen wäre, hätte das voll und ganz gereicht. Aber dann trat Godzilla mir aus heiterem Himmel ins Kreuz und ich konnte mich nicht mehr bewegen. Zumindest nicht, ohne dem Teufel die Hand zu schütteln. Jede Bewegung brannte wie das Fegefeuer. Totalausfall. Ein körperlicher Systemabsturz.

Mit wundem Hinterteil schleppte ich mich schließlich, nach Stunden mit dem Göbelkübel im Arm, zurück ins Wohnzimmer. Mein Ziel war die Couch. Eine doofe Idee, merkte ich doch, kaum dass ich mich wie eine Holzlatte nach vorne in die Polster hatte kippen lassen, dass der flotte Otto schon wieder vor der Tür stand. Also rollte ich mich zur Seite und landete auf dem Boden. Von dort versuchte ich, wie ein Soldat im Gefecht, auf den Ellenbogen zurück zur Toilette zu robben. Auf der Strecke im Flur übergab ich mich mehrfach, obwohl das aus Mangel an Hardware eigentlich gar nicht mehr möglich war. Ich hatte mich bereits ausführlich ausgekotzt. Zeitgleich schiss ich mir dermaßen unappetitlich in die Jogginghose, dass ich schon allein deswegen wieder würgen musste. Danach lag ich bewegungsunfähig mit aufgeschrammten Unterarmen im Türrahmen der Badezimmertür. Nach einer Weile fing ich an zu frieren und weinte schließlich hemmungslos, auch, weil mein Telefon unerreichbar im Arbeitszimmer lag und ich wusste, dass der Komiker erst spät am Abend nach Hause kommen würde.

Langsam wurde es dunkel. Irgendwann hörte ich den Schlüsselbund im Hauseingang klimpern. Das Licht in der Diele ging an und der gutgelaunte Komiker rief: »Ich finde, dass Verbrechen sich unbedingt auszahlt. Ich finde es ist ein guter Job, kurze Geschäftszeit, ich bin mein eigener Boss, und Sie reisen sehr viel, und Sie kommen mit sehr viel interessanten Menschen zusammen. Und ich könnte nur allen zu dieser Arbeit raten.[1]«

Das macht er manchmal, wenn er nach Hause kommt oder wenn er geht. Er überrascht mich mit einem mehr oder weniger passenden Filmzitat. Der Komiker weiß, dass ich das sehr witzig finde und tut mir den Gefallen. Er bringt Menschen gerne zum Lachen. Bei mir macht er keine Ausnahme.

Wenn er aus dem Badezimmer kommt zitiert er zum Beispiel: »Ich liebe den Geruch von Napalm am Morgen.[2]« Zu Abschied ist es dann eher so etwas wie: »Hasta la vista, Baby![3]«

1   Woody, der Unglücksrabe (Take the Money and Run), USA, 1969 Heywood Hillary, Palomar (Regie Woody Allen, Buch Woody Allen, Mickey Rose) Zitat von Woody Allen in der Rolle als Virgil Starkwell. In: Kordt, Peter: Ich seh dir in die Augen, Kleines; S. 825

2   Apokalypse now, USA 1979, Omni-Zoetrope (Regie Francis Ford Coppola, Buch John Milius, Francis Ford Coppola, nach dem Roman von »Heart of Darkness« von Joseph Conrad. Zitat von Robert Duvall in der Rolle als Lieutenant Colonel Bill Kilgore. In: Kordt, Peter: Ich seh dir in die Augen, Kleines, S. 33

3   Terminator II: Judgement Day, USA 1991, Pacific Western, Lightstorm, Carolco (Regie James Cameron, Buch James Cameron, William Wisher). Zitat von Arnold Schwarzenegger in der Rolle als Terminator. In: Kordt, Peter: Ich seh dir in die Augen, Kleines. S. 724

In der aktuellen Situation wäre ein passendes Zitat wahrscheinlich so etwas wie: »Oh, ich bin zu alt für so eine Scheiße.[1]« oder »Die Ära der Menschen ist vorüber. Die Zeit der Orks ist gekommen.[2]« gewesen.

Als der Komiker mich fand, war ihm allerdings nicht nach munteren Scherzen. Mehr oder weniger hilflos wiederholte er wie ein Mantra: »Alles wird gut. Wir bringen das in Ordnung.« Ich wusste, dass er sich ekelt. Wer würde das nicht? Die Situation war ein totales Fiasko. Übelkeit und Ekel mischten sich mit Mitleid und ungläubiger Verzweiflung.

Er wollte einen Krankenwagen rufen. Ich brauchte professionelle Hilfe. Er auch. Ich flehte ihn an, mich in diesem Zustand nicht fremden Menschen zu überlassen. Er versicherte mir, dass er mich zunächst

---

1 Zwei stahlharte Profis (Lethal Weapon) USA 1987, Donner-Silver, Warner (Regie: Richard Donner, Buch Shane Black), Zitat von Danny Glover in der Rolle als Roger Murtaugh. In: Kordt, Peter: Ich seh dir in die Augen, Kleines. S. 844

2 Der Herr der Ringe – Die Rückkehr des Königs (The Lord of the Rings – The Return of the King) USA/ NZL /BRD 2003 New Line; Wingnut; Lord Dritte (Regie Peter Jackson, Buch Fran Walsh, Philippa Boyens, Peter Jackson, nach dem Roman von J.R.R. Tolkien.) Zitat eines Orks. In: Kordt, Peter: Ich seh dir in die Augen, Kleines. S. 877

reinigen und erst dann in sauberen Klamotten an die
Sanitäter übergeben würde.

Ich hatte erwartet, dass er mit dem Gartenschlauch
auftaucht und die ganze Sache mit einer Wäsche-
klammer auf der Nase aus der Entfernung erledigt.
Später gestand er, dass er Phantasien darüber hatte,
den Hausflur zu fluten und mich untergehen zu
lassen wie die Titanic oder mich auf einem Gabel-
stapler durch die Autowaschanlage zu fahren. Mit
dem Hochdruckreiniger hätte Mr. Wash mich dann
so richtig gründlich abkärchern und mir die hintere
Abladezone mit Unterbodenschutz versiegeln können.

Nichts von alledem passierte. Die ganze Zeit über
redete der Komiker mit ruhiger Stimme auf mich ein.
Ich schämte mich in Grund und Boden und schluchzte
weiter. Er hatte Brechreiz. Ich schämte mich mehr. Er
schleifte mich, wie ein Soldat, der seinen Kameraden
nach einer Schussverletzung aus der Gefechtszone
in Sicherheit bringt, unter die Dusche. Dort zog er
mich aus, wusch und trocknete mich sorgfältig ab,
tröstete mich und zog mir frische Sachen an. Das
Ganze dauerte ewig, weil er jedes Mal, wenn ich vor
Schmerzen grunzte, eine Pause einlegte und versuchte,
mich so gut wie möglich zu beruhigen. Ich musste
aber schon wieder zur Toilette. Er setzte mich auf den

Thron und reichte mir den Eimer. Weil ich mich alleine nicht auf der Schüssel halten konnte, stützte er mich, während ich mich in den Brechbottich beugte und der Schokoladenexpress am Hinterausgang vorfuhr.

Ein Transport schien zu diesem Zeitpunkt ausgeschlossen. Der Komiker rief Aygül, eine befreundete Ärztin, an und bat mit ungewohnt schriller Stimme um einen Hausbesuch. Es war Wochenende und Aygül konnte kurzfristig vorbeikommen. Zwischenzeitlich sorgte der Komiker dafür, dass ich nicht vom Lokus kippte, wusch mir das tränennasse Gesicht und tröstete mich weiter.

Ich hatte Todesgedanken und wollte nicht versäumen, ihm das Wichtigste gesagt zu haben. »Ich will nicht, dass du nach meinem Ableben allein bleibst. Bitte wirf den Bademantel, den dir das Hotel in Rostock geschenkt hat, weg. Mit dem Teil hast du keine Chance auf eine neue Beziehung. Darin siehst du aus wie eine Mischung aus Hugh Hefner und Udo Jürgens bei der Konzertzugabe. Bitte verbrenn die Kutte.« Der Komiker grinste schief und dachte: »Jetzt hat ihr auch noch einer ins Gehirn geschissen.« Ich aber meinte es todernst. Stimmt doch, er kann nicht aus der Wanne steigen und auf Playboy machen. Der Kaftan musste verschwinden. Merci Chéri.

Natürlich hätte er mich durch den Wolf drehen können. Modetipps von mir sind wie ein sprechender

Nerz, der über die Vorzüge von Pelzmänteln referiert. Komplett absurd. Es passiert so gut wie nie, dass der Komiker sich so eine Chance entgehen lässt, schon allein von Berufs wegen. Aber er schwieg und nickte, als würde er meiner Anweisung in naher Zukunft folgen. Der Komiker stand unter Schock. Eine postscheißmatische Bekotzungsstörung war wahrscheinlich.

Aygül untersuchte mich und gab mir eine Spritze. Der Komiker trug mich wie ein Tablett auf die Couch, wo ich erschöpft einschlief. In der Zwischenzeit kümmerte er sich um die Totaldesinfektion von Flur und Badezimmer.

Als ich wach wurde, saß er neben mir und streichelte meine Hand. Er hatte Tee gemacht und gab mir die von Aygül verordneten Tropfen. Dann legte er meine Lieblingsmusik auf und wartete, bis ich wieder eingeschlafen war. Er verschob seine Termine und bat unsere Nachbarin Ruth, ein paar Sachen für uns einzukaufen: Zwieback, feuchtes Toilettenpapier und Zinksalbe. Für zwei Tage wohnte und schlief ich auf dem Sofa. Der Komiker platzierte mein Telefon in Griffnähe und stellte zusätzlich unser Weihnachtsglöckchen daneben. Er ging in sein Arbeitszimmer mit den Worten: »Wenn irgendetwas ist, wenn du irgendetwas brauchst, dann bin ich in 0,2 auf 100 da.« Ich fragte mich, durch den Nebel der Schmerzmittel, ob der Komiker mir gerade mit einem Heiligenschein erschienen war und ich mit Franz von Assisi liiert bin. Später am Nachmittag nutzte ich sein Angebot, weil ich wackelig auf den Beinen war und mich ein bisschen frisch machen wollte. Also half mir der Komiker beim Zähneputzen, kämmte meine Haare und band mir einen Pferdeschwanz. Ich wusste gar nicht, dass er das drauf hat. Danach legte er sich neben mich auf die Couch und las mir aus »Große Erwartungen« von Charles Dickens vor.

Später schliefen wir dort zusammen ein. Mitten in der Nacht weckte ich ihn versehentlich. Auf mein »Entschuldige« murmelte er »Schon okay, Baby« und umarmte mich, als bestünde die Gefahr, dass mich jemand klaut.

Am nächsten Morgen ging es mir endlich besser. Und auch der Komiker konnte wieder lockerlassen. Er kehrte zu alter Form zurück: »Das Leben ist wie eine Schachtel Pralinen. Man weiß nie, was man kriegt.[1]«

Ich beschloss, dass der Komiker seinen Bademantel behalten kann. Bis zum Ende seines Lebens. Und ich werde den Komiker behalten. Bis zum Ende meines Lebens.

---

1 Forrest Gump, USA 1994, Tisch-Finerman, Paramount (Regie Robert Zemeckis, Buch Eric Roth nach dem Roman von Winston Groom). Zitat von Tom Hanks in seiner Rolle als Forrest Gump. In: Kordt, Peter: Ich seh dir in die Augen, Kleines. S. 225

Zitatnachweis

Sämtliche Filmzitate aus:

Kordt, Peter: »Ich seh dir in die Augen, Kleines« –
Das große Buch der Filmzitate

Die besten Dialoge aus mehr als 2000 Filmen

Herausgeber und Verlag: Schwarzkopf & Schwarzkopf Berlin 2004, aktualisierte, erweiterte Neuauflage 2004

Danksagung

Einige Geschichten in diesem Buch sind wahr, andere sind komplett erfunden. Bei wieder anderen hat mich eine tatsächliche Begebenheit, eine Person des öffentlichen Lebens, jemand aus meinem Privatleben oder ein einziger gesprochener Satz zu einer mehrseitigen, vollständig erdachten Erzählung inspiriert. Es gibt also viele kleine Tatsächlichkeiten aus unterschiedlichen Quellen, die ich zum Ausdenken von fiktiven Geschichten nutzen konnte.

Mein Dank gilt daher all jenen Menschen und Tieren, die mich auf diese Weise inspiriert haben.

Von Frieda Unsinn ebenfalls bei BoD Books on Demand erschienen

Hier gibt es nichts zu sehen. Lesen Sie bitte weiter!
Komische Geschichten, vorwiegend heiter!

Preis-Leistungs-Verhältnis
Kundin: »Ich brauche ein Passbild für die Bahncard.«
Fotograf: »Okay. Da haben wir zwei Varianten. Diese hier, vier Stück kosten 18,50 EURO. Und diese hier, vier Stück kosten 34,50 EURO.«
Kundin: »Und was ist da der Unterschied?«
Fotograf: »Die für 34,50 sind teurer.«

Warum kann man Poolnudeln nicht essen?
Wie lautet die Mehrzahl von Jesus?
Kann Sex mit Horrorclowns Bestimmung sein?
Ist es möglich, mit einer Topfpflanze zu flirten?
Kann man mit einem Bratwurstpass
Grenzen überschreiten?

Es ist schon wieder passiert. Frieda Unsinn hat ein Buch erfunden. Der Irrsinn am Rande des zentralen Nervensystems geht weiter. Immer noch kein roter Faden, dafür aber jede Menge Stoff. Lesen, lachen, laufen lassen!

Erhältlich als Taschenbuch oder als eBook.

© 2024 Frieda Unsinn
Herstellung und Verlag:
BoD Books on Demand, Norderstedt

ISBN Taschenbuch: 978-3-759-72971-2